宮沢賢治の地平を歩く

太田昌孝

クロスカルチャー出版

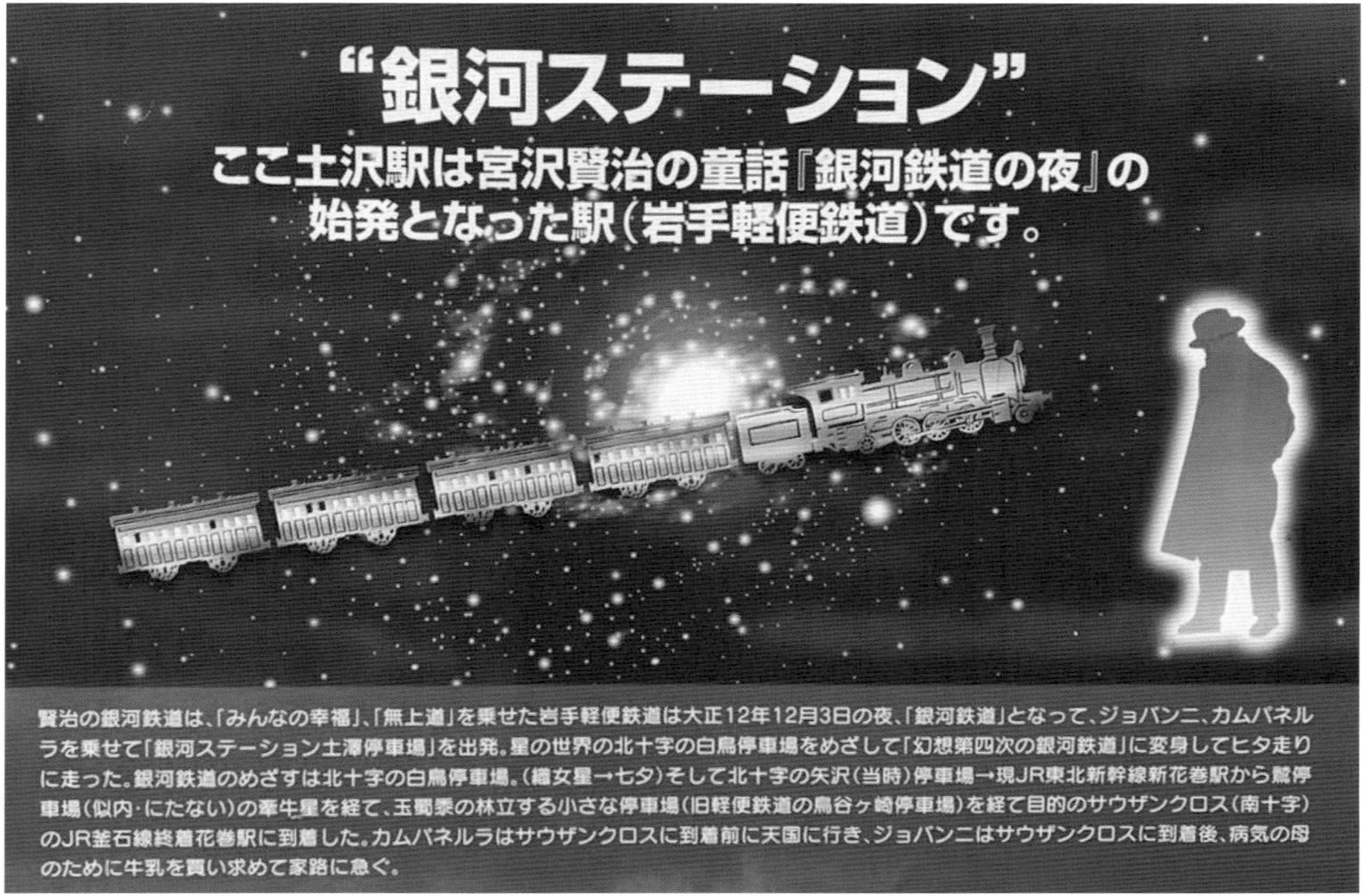
“銀河ステーション”
ここ土沢駅は宮沢賢治の童話『銀河鉄道の夜』の
始発となった駅（岩手軽便鉄道）です。
賢治の銀河鉄道は、「みんなの幸福」、「無上道」を乗せた岩手軽便鉄道は大正12年12月3日の夜、「銀河鉄道」となって、ジョバンニ、カムパネルラを乗せて「銀河ステーション土澤停車場」を出発。星の世界の北十字の白鳥停車場をめざして「幻想第四次の銀河鉄道」に変身してヒタ走りに走った。銀河鉄道のめざすは北十字の白鳥停車場。（織女星→七夕）そして北十字の矢沢（当時）停車場→現JR東北新幹線新花巻駅から鷲停車場（似内・にたない）の牽牛星を経て、玉蜀黍の林立する小さな停車場（旧軽便鉄道の鳥谷ヶ崎停車場）を経て目的のサウザンクロス（南十字）のJR釜石線終着花巻駅に到着した。カムパネルラはサウザンクロスに到着前に天国に行き、ジョバンニはサウザンクロスに到着後、病気の母のために牛乳を買い求めて家路に急ぐ。

土沢駅【旧岩手軽便鉄道案内板】

『宮沢賢治の地平を歩く』

太田昌孝

目次

はじめに……4
第一章　宮沢賢治の地平を歩く――様々な実践を通して――……7
一　賢治文学の魅力――常葉学園橘高校での実践を踏まえて――
二　「雲の信號」と「稲作挿話」
三　「告別」にこめた賢治の決意――修文大学での講義を踏まえて――
四　宮沢清六氏との出会い――宮沢家の居間にて――
五　現代に生きる賢治作品――愛知県立芸術大学生たちの試み――
第二章　『なめとこ山の熊』論――物語世界からの救済――……65
はじめに
一　『なめとこ山の熊』から読み取れる現実のヒエラルキー
二　弱肉強食の摂理
第三章　『セロ弾きのゴーシュ』論――「開示悟入」をキーワードに――……95
一　ゴーシュの背景

二　法華経の存在
三　動物たちの役割と背景
四　法華文学創作の理想を求めて

第四章　宮沢賢治の挑戦――超現実の陰影を求めて――……141
一　超現実の仕組みと賢治作品
二　ユーモアと超現実
三『銀河鉄道の夜』解題Ⅰ――賢治と超現実――
四『銀河鉄道の夜』解題Ⅱ――鳥を捕る男――
五　エクリチュールの行方

資料……199
（論文　宮沢賢治研究Ⅰ――大正四年から大正一〇年に至る賢治の信仰心の変遷を中心に――
A Study of Kenji - Miyazawa No.1）

おわりに……243

宮沢賢治　略年譜……245

はじめに――如月のイーハトーブで――

寒波がその手を延ばした二月の終わり、十五年ぶりに花巻を訪ねた。今回、同行した長女は大学院文学研究科博士後期課程三年であるが、前回共に訪ねた時には小学校六年生だったことを想うと、長い時の流れを感じないではいられない。名古屋から舞い降りた花巻空港は、美しく生まれ変わり、イーハトーブの空の玄関口として自信ありげに佇んでいた。目の前の風、光、空気そのすべてが賢治を育てた滋養である。

今回の旅の主な目的は本著に掲載する写真の撮影と、林風舎代表の、宮沢和樹氏とお会いし、本著の刊行を知らせることであった。私達は二日間をかけ、「宮沢賢治記念館」、「羅須地人協会」、「イギリス海岸」、「雨ニモマケズ詩碑」、「ぎんどろ公園（花巻農学校跡）」、「身照寺（賢治の墓）」等を巡った。加えて親子共に大学まで野球部に籍を置いた私達であるため、花巻東高校も急遽、コースに入れて頂いた。因みに観光案内を担当してくれた花巻文化タクシーの佐藤氏の軽快なハンドルさばきと、花巻弁を十分に散りばめた案内は私達を喜ばせるには十分であった。記録的に雪が少なく、天気にも恵まれた花巻だったが、夜の気温はマイナス五度まで下がり、賢治が「パッセン大街道」と呼んだ土沢駅近くの通りは氷の煌めきに満ちていた。

そして、旅の最後に訪ねたのは、花巻駅近くの林風舎である。代表の宮沢和樹氏とは二年ほど前、電話でお話をしたことがあるだけで、お会いするのは初めてであった。宮沢清六氏の孫に当たる和樹氏に先ず申し上げたのは、亡き清六氏と私との二度の面談の概略と、清六氏の、私に対するご親切への謝辞であった。

林風舎二階の、「賢治の部屋」のような空間で和樹氏にお礼を述べ、私たちは花巻空港へ向かった。漆黒の東北の夜空を飛び、新潟の夜景を遠くに見ながら、エンブラエルＥ一七五は、静かに県営名古屋空港に舞い降りた。

この二十年程、西脇順三郎研究に重きを置いてきた私だが、大学の講義では主に宮沢賢治を教えてきた。そのアンバランスな想いを少しばかり修正し、再び賢治の灯にベクトルをむけることができたことを胸中密かに喜ぶばかりである。

第一章　宮沢賢治の地平を歩く

——様々な実践を通して——

羅須地人協会の建物（花巻農業高校内）

一　賢治文学の魅力――常葉学園橘高校での実践を踏まえて――

コロナ禍など予想すら出来なかった二〇一九年の夏、私は「宮沢賢治」の名前の付いた講演、講座を六回担当した。その中で印象深いものは、「愛知学院大学モーニングセミナー・宮沢賢治の文学」、江南市民文化会館での「歌と言葉で宮沢賢治」（槌田幸子氏と共催）である。「愛知学院大学モーニングセミナー・宮沢賢治の文学」は早朝の開催だったにも関わらず、百名を超える参加者となり、相変わらずの賢治人気に驚かされた。また、「歌と言葉で宮沢賢治」も、槌田幸子氏の歌唱という親しみやすいプログラムが盛り込まれていたためか、会場は満席で百名を超える参加者となった。

どの会場も満席に近い盛況ぶりで、相変わらずの「賢治人気」を痛感したが、この二つの会場で顕著だったのは、聴衆の高年齢化である。元々、高齢化社会なので致し方ない結果ではあるが、十年ほど前には子育て中の母親、義務教育の教員、大学生の姿をある程度の数、確認できた。そう言えば、同時期、中日新聞から依頼された原稿も「生活欄」であり、担当の記者からは「高齢者が生きがいを感じる内容を」と言う注文が呈された。

文学と言うものは青年のためにあり、多くの人は青年期、文学書に親しみ、その世界観を生き抜く。ぼんやりとそう信じていた。高校時代の国語教師が「青年時代に愛する文学者を持たない人間の人生は寂しい」と語るのを聴き、我が意を得た思いであった。かつての「文学青年」「文学少女」「文学教師」はどこへ行ったのか。かつて年に五～六回依頼された小学校での「宮沢賢治入門講座」も三年ほど前から確実に数が減っている。

思えば宮沢賢治との出会いは小学校六年の国語の授業だった。教科書に掲載されていた自伝と「雨ニモマケズ」、日本人の多くが経験しただろうオーソドックスなものだった。その後は立原道造、堀辰雄、西脇順三郎へと興味・関心が移り、賢治は私の中で長く眠っていた。そんな私の中で賢治が覚醒したのは、静岡市にある常葉学園橘高校での「国語表現」の授業であった。

新任の私は「修行」とばかりに男子のみの「スポーツクラス」「商業コース」の授業を担当した。何を教えてもなかなか興味を示さない生徒を前に、私は困り果てていた。幸い橘高校では授業における教師の自由裁量が保障され、特に「国語表現」は教科書こそあるものの、教育内容は個々の教師に任されていた。それは教科書と定期テストに蹂躙された、公立進学校の授業とはかけ離れたものであった。

何とか授業に生徒の興味・関心を向けさせたい。そんな私に、「ほぼ全員の生徒たちがこれまでに必ず読んでいる文学者は誰だろう。それを提示して、これまでと違う教え方をすれば、生徒がこちらを向くかもしれない」。その答えが宮沢賢治だった。幸い、現代国語の教科書に「永訣の朝」が採択されていたので、生徒にとって賢治はつい先ごろ習った文学者でもあった。

この教室に私が最初に持ち込んだのが、『雨ニモマケズ』だった。義務教育の段階で数回習った生徒が多く、特に冒頭の数行を暗唱する生徒もいた。私は生徒に「これまで習ってきたことも大切だが、これから教えることはもっと大切だ」と前置きして、独自の鑑賞（評釈）を試みた。それは理論的には明快で至極簡単だった。「この詩で作者が最も主張したい箇所は、【ミンナニデクノボートヨバレホメラレモセズクニモサレズソウイウモノニ　ワタシハナリタイ】と言う部分です。ここに賢治の理想とした【デクノボー精神】が表現されています。冒頭の数行も大切ですが、この部分の比ではありません。詩とは全体をよく読み、どの部分を際立たせるために工夫されているかを知ることです」。

無論、この発言に異議を唱えた生徒は多くいた。「中学の先生は最初の数行が大切だと言っていた。ここに賢治の他人を思いやる気持ちが溢れている。」「どんな苦しみにも耐えて、我慢していると必ず良いことがあると書いてあると教わった。」等々。私自身も中学一年の「道徳」で同じように教えられていたので、生徒の意見は尤もである。

次に私は「もしそうなら、この詩はもっと短くてもいいはずです。これほどの詩行を用いているのだから、そのあとに大切なことが隠されているはずです。」と述べ、彼らが小学生の頃に流行った「ガンダーラ」（ゴダイゴ・作詞・山上路夫・作曲・タケカワユキヒデ・日本コロムビア・一九七八年一〇月）を例に次のように説明した（以下、当時の授業ノートより抜粋）。

そこに行けば

どんな夢も　かなうというよ
誰もがみな行きたがるが
遥かな世界

その国の名は　ガンダーラ
何処かにある　ユートピア
どうしたら行けるのだろう
教えて欲しい

この歌詞で作詞者が最も伝えたい部分は、「そこに行けばどんな夢もかなうというよ」ではなく、「どうしたら行けるのだろう教えて欲しい」である。つまり詩にもプロットのようなものがあり、その道筋に従って作品全体が構成されている。「ガンダーラ」とは古代インドに存在したと伝えられる伝説の理想郷であり、これまで多くの人が到達を試みたが果たせず、虚しい想いに苛まれた。漢文で習った「桃源郷」に似ている。つまり、人間が思い描くだけの空想の産物が「ガンダーラ」なのかもしれない。万が一、たどり着いたとはいえ、そこはすべてが「善・楽」で象られただけの「反理想郷」なのかもしれない。やはり、人間にとって、現状に満足することとは「悪」であり、「非」であるのだ。それを教えてくれるのがこの歌なのだろう。

（筆者作成・「授業用ノート」より）

現状に満足せず、常に理想を求めることの大切さを教えながら生徒と共に賢治の世界に踏み入った。しかし、生徒の側からすると、「雨ニモマケズ」に努力し、「西ニツカレタ母アレバ行ッテソノ稲ノ束ヲ負ヒ」という理想的な青年より、「デクノボー精神」を賛美した詩だという私の説に納得するはずはない。そこで私が提示したのが、賢治独自の理解による「デクノボー精神」だった（「デクノボー精神」についての詳細は後に述べるので譲り話を進める）。

まさに生徒との共同作業と言う形で私の「賢治講座」はスタートした。私は続いて「雲の信號」、「稲作挿話」を教材として提示し、一見別のことを描写するように見えて、実は法華経を広宣流布するために、書かれたのが賢治作品であるということを生徒に語った。しかし、賢治の作品をその到達点である、「法華経の広宣流布」だけでとらえるのは文学作品が持つ価値と言う点から見ると惜しいことでもあるということも生徒に話した。

二 「雲の信號」と「稲作挿話」

雲の信號　宮沢賢治

あゝいゝな　せいせいするな
風が吹くし
農具はぴかぴか光つてゐるし
山はぼんやり
岩頸《がんけい》だつて岩鐘《がんしょう》だつて
皆時間のないころのゆめをみてゐるのだ
　そのとき雲の信號は
もう青白い春の

禁欲のそら高く掲げられてゐた
山はぼんやり
きつと四本杉には
今夜は雁もおりてくる

（谷川徹三編『宮沢賢治詩集』岩波文庫・二〇二三年五月・第九〇刷）

「雲の信號」は、一九二三年の春、「郡立稗貫《ひえぬき》農学校」が「県立花巻農学校」に昇格し、新校地に移転する際の、開墾作業がモチーフとなっているとされる作品として名高い。それまで「桑っ子大学」等と言う言葉で揶揄されることも多かった賢治の勤務校が、社会的にその存在を認知される機会に恵まれ、県立への移管という事実は、賢治をはじめとする教職員のみならず、そこに学ぶ生徒たちにとっても誇らしいことであったに違いない。その想いは「あゝいゝな　せいせいするな」「ぴかぴか光つてゐる」「ゆめ」等の開放的かつ明朗な詩語に現われていると言えよう。「岩頸」「岩鐘」と言った専門用語の自在な使用にも、青年教師宮沢賢治の魂の高揚が見て取れる。

しかし、それらにも増して、私が興味を覚えるのは、十分に法華経的形象を内包していると思われる「雲の信號」という詩語（タイトル）である。「青白い春の禁欲のそら高く掲げられてゐた」とされる「雲の信號」は、「禁欲」と言う印象的な詩語からも、何かしら宗教的な香気を読む者に感じさせる。つまり、「青白い春の禁欲のそら高く掲げられてゐた」雲の信號とは、地上で嬉々として新校地の開墾と整地に努める、賢治たち稗貫農学校の人間に何かしらに示唆を与える媒体である。「信號」と言う詩語若しくはそれを連想させるイメージは、賢治が好んで使うものでもある。加えて「禁欲の空高く掲げられている」信號故に、その効果は絶対であり、無二でもある。

すなわちこれは賢治たち人間に、一切の欲や業（カルマ）から離れた「常寂光土」に生きよというシグナルかもしれない。つまり、一切浄土の根元的な世界を意味するとされるこの「常寂光土」を自らの手で開墾し、整地せよと言う仏の教えであると共に、これから誕生する県立花巻農学校とは、「常寂光土」に建ち「覚体」に包まれた学び舎でなければならないという箴言でもある。この背景を勘案すれば「禁欲」という語を賢治が用いた根拠も自ずと見えてくる。

また、「時間のないころのゆめをみてゐる」と言う詩行からは法華経が説く、悠久の時間を連想することができよう。「永劫」と称される、この法華経的宇宙観に象られたある種の感覚的世界の奥深さは、賢治が好んだ物象の一つであり、『銀河鉄道の夜』にも描かれた果てなき宇宙の懐にも共通する。

次に「稲作挿話」に描かれた世界を見てみよう。

稲作挿話（作品第一〇八二番）

あすこの田はねえ
あの種類では窒素があんまり多過ぎるから
もうきつぱりと灌水《みづ》を切つてね
三番除草はしないんだ
……一しんに畔を走つて来て
青田のなかに汗拭くその子……
燐酸がまだ残つてゐない？

みんな使つた？
それではもしもこの天候が
これから五日続いたら
あの枝垂れ葉をねえ
斯ういふ風な枝垂れ葉をねえ
むしつてとつてしまふんだ
……せわしくうなづき汗拭くその子
冬講習に来たときは
一年はたらいたあととは云へ
まだかゞやかな苹果のわらひを持つてゐた
いまはもう日と汗に焼け
幾夜の不眠にやつれてゐる……
それからい丶かい
今月末にあの稲が
君の胸より延びたらねえ

ちようどシヤツの上のぼたんを定規にしてねえ
葉尖を刈つてしまふんだ
　……汗だけでない
　　　泪も拭いてゐるんだな……
君が自分でかんがへた
あの田もすつかり見て来たよ
陸羽一三二號のはうね
あれはずゐぶん上手に行つた
肥えも少しもむらがないし
いかにも強く育つてゐる
硫安だつてきみが自分で播いたらう
みんながいろいろ云ふだろうが
あつちは少しも心配ない
反當三石二斗なら
もう決まつたと云つてい丶

しつかりやるんだよ
これからの本当の勉強はねえ
テニスをしながら商賣の先生から
義理で教はることでないんだ
きみのやうにさ
吹雪やわづかの仕事のひまで
泣きながら
からだに刻んで行く勉強が
まもなくぐんぐん強い芽を噴いて
どこまでのびるかわからない
それがこれからのあたらしい學問のはじまりなんだ
ではさようなら
……雲からも風からも
透明な力が
そのこどもに

うつれ……

（谷川徹三編『宮沢賢治詩集』岩波文庫）

賢治の農学校教師としての総括とも言えるこの作品は、度々、評釈され朗読もされてきた名作である。語るような口調で繰り出される慈悲深い詩語と、賢治特有の科学用語の絶妙なバランスに、詩人宮沢賢治の才能が輝いている。加えて、法華経のバックグラウンドを感じさせる最終の四行は示唆に富み、賢治作品ならではの神秘を含んでいる。

また、「冬講習に来たときは一年はたらいたあととは云へまだかゞやかな苹果のわらひを持つてゐたいまはもう日と汗に焼け幾夜の不眠にやつれてゐる」と言う詩行からは、「自分は農業を教えながら自らは額に汗をかくこともなく、重労働の疲労も経験したことがない」と言うような、賢治を教職退職へと誘ったある種のコンプレックスを感じ取ることもできる。作品を世に問うと言う心づもりが希少であったと思われる賢治の作品だけに、何ものにも囚われない「生の自在

賢治自耕田（花巻市下根子桜）

さ」がこの詩には満ちている。逆説的な言い方にもなろうが、この「生の自在さ」こそが、読者を引きつけ、延いては賢治自身の詩の価値を向上させていることは言うまでもない。

更に、作品中に登場する「陸羽一三二號」は、交配という方法を用いて作られた国内最初の品種として名高い。昭和三年頃、賢治が花巻の農民に作付けを促したという逸話が残っているが、それを明確に裏付ける資料等は見つかっていない。しかし、この作品で明確にその名前を使用していることからも、賢治がこの時点で陸羽一三二號の存在をしっかりと認識し、将来の岩手の米作りの主役的存在として期待していることが十分に窺える。また、「みんながいろいろ云ふだらうがあつちは少しも心配ない肥えも少しもむらがないしいかにも強く育つてゐる硫安だつてきみが自分で播いたらう」と言う詩行からは、そうした品種への期待と共に、賢治自身が提供する肥料設計へのエビデンスに基づいた自信が窺える。

また、この作品の後半部では「本当の勉強」「新しい学問のはじまり」という詩語を、賢治自身の覚悟を込めた形で用いている。賢治は花巻農学校を四年に満たない年数で退職している。退職理由については諸説あるが、私は生徒に農業の大切さを教えながら、自分はそれを生業とせず、一日に数時間の講義と実習とをこなし、当時では比較的高給とされる賃金を取得していることへの後ろめたさ、言い換えれば矛盾に耐え切れない心を半ば持て余したことによる退職であると考えている。

しかし、退職後は自給自足の生活を続け、農業を生業とすることがなかったことに賢治特有の人生観が存在する。自身は「宮沢マキ」と呼ばれる裕福な一族に生れ、当時としてはかなり稀有と思われる高等農林専攻科を修了した賢治は、そのまま高等農林に研究者として奉職する道もあった。だが、それを選択することなく、実家へ戻り、短期間ではあるものの家業を継いだ賢治は、やはり親の望まない進路は選択すべきではないという考えを根底に有してはいた。結局、国柱会への一般的な在家信者ではない奉仕というスタイルを求めて出奔し、自らの迷いに一応の終止符は打った。最後には妹トシの病気悪化の知らせを受け、風のごとく帰郷し、稗貫農学校の教師となった賢治の人生は、結果から遡及してみると、父親政二郎の望むところとなった。

私が都内の大学に学んだ一九八〇年代でも、地方出身者の多くは大学を終えると帰郷し、教師、公務員という手堅い職を求める傾向は確かにあり、親の望む道を自ら選択することが、ある意味で正しい選択でもあった。だとすれば賢治の時代の若者がそうした選択をすることは極めて一般的である。しかし、一度はそうした道を選んだ賢治は数年後、その期待を裏切り、下根子桜の別宅で、純粋な自給自足の独居生活を始めることになる。

このような賢治の人生の選択については、これまで多くの研究者、賢治愛好家が持論を述べてきた。その自己への抗いとも思える賢治の精神性を象徴するものとして、以下の詩行「吹雪やわづかの仕事のひまで泣きながらからだに刻んで行く勉強がまもなくぐんぐん強い芽を噴いてどこまでのびるかわからない」を例に挙げたい。

教え子に贈ったこの言葉は言うまでもなく、賢治自身の誓いでもある。他人に理想として掲げることを自らにも強いるのが宮沢賢治という人間の真骨頂でもあり、生の羅針盤でもある。

三　「告別」にこめた賢治の決意――修文大学での講義を踏まえて――

次に「告別」をテクストに、賢治の理想を模索してみる。

告別

おまへのバスの三連音が
どんなぐあひに鳴ってゐたかを
おそらくおまへはわかつてゐまい

その純朴さ希みに充ちたたのしさは
ほとんどおれを草葉のやうに顫はせた
もしもおまへがそれらの音の特性や
立派な無数の順列を
はっきり知つて自由にいつでも使へるならば
おまへは辛くてそしてかゞやく天の仕事もするだらう
泰西著名の楽人たちが
幼齢弦や鍵器をとつて
すでに一家をなしたがやうに
おまへはそのころ
この国にある皮革の鼓器と
竹でつくつた管《くわん》とをとつた
けれどもいまごろちやうどおまへの年ごろで
おまへの素質と力をもつてゐるものは
町と村との一万人のなかになら

おそらく五人はあるだらう
それらのひとのどの人もまたどのひとも
五年のあひだにそれを大抵無くすのだ
生活のためにけづられたり
自分でそれをなくすのだ
すべての才や力や材といふものは
ひとにとゞまるものでない
ひとさへひとにとゞまらぬ
云はなかったが、
おれは四月はもう学校に居ないのだ
恐らく暗くけはしいみちをあるくだらう
そのあとでおまへのいまのちからがにぶり
きれいな音の正しい調子とその明るさを失つて
ふたたび回復できないならば
おれはおまへをもう見ない

なぜならおれは
すこしぐらゐの仕事ができて
そいつに腰をかけてるやうな
そんな多数をいちばんいやにおもふのだ
もしもおまへが
よくきいてくれ
ひとりのやさしい娘をおもふやうになるそのとき
おまへに無数の影と光の像があらはれる
おまへはそれを音にするのだ
みんなが町で暮したり
一日あそんでゐるときに
おまへはひとりであの石原の草を刈る
そのさびしさでおまへは音をつくるのだ
多くの侮辱や窮乏の
それらを噛んで歌ふのだ

もしも楽器がなかったら
いゝかおまへはおれの弟子なのだ
ちからのかぎり
そらいつぱいの
光でできたパイプオルガンを弾くがいゝ
（『宮沢賢治全集1』ちくま文庫・二〇〇六年二月）

作品中の「おれは四月はもう学校に居ないのだ恐らく暗くけはしいみちをあるくだらう」とは言うまでもなく、花巻農学校を退職し、羅須地人協会を設立し、自給自足独居の生活を始めることを意味している。この厳しい口調からも賢治の並々ならぬ覚悟が窺える。

また、「すこしぐらゐの仕事ができてそいつに腰をかけてるやうなそんな多数をいちばんいやにおもふのだ」からは賢治の自戒と後悔とを読み取ることができよう。やはり、宮沢マキの人間が、他家にはない高学歴を利用するしたとも思われる形で、地元の農学校教師となり、土のない教室で農業を教えるということを生業とする。そのような父の筋書き通りの人生を賢治は受容することができなかった。結果的に心身ともに疲労の極致に賢治を追い込むことになる行動の幕開けは他ならぬ賢治自身によってなされることとなる。

また、「そのさびしさでおまへは音をつくるのだ多くの侮辱や窮乏のそれらを噛んで歌ふのだ」と言う詩行は、教え子に捧げるスタイルを取りながら、実はそれが賢治自身に向けられたものであることを容易に読み取ることができる。侮辱や窮乏という賢治のそれまでの人生では経験しようのなかった事象を、自らの意思で自己の中に取り込むという決心に、宮沢賢治という人間のひたむきだが悲しい業を感じるのは私だけだろうか。

しかし、この羅須地人協会の活動は様々な側面から賢治を窮地に追い込むこととなる。「金持ちの息子の道楽」と揶揄されながらも、野に机を置き、肥料設計を試みる賢治に農民は列をなした。教え子たちも恩師のボランタリーな活動に賛同し、協力を惜しまなかったが、治安維持法という魔の手が花巻の農村にも忍び寄り、教え子たちの身辺に不穏な空気が漂うのを感じた賢治は、一九二八年（昭和三年）自らの手でこの活動に幕を下ろすこととなる。

無論、これだけの決意で始めた活動を中止したのには、他の理由も考えられよう。そのことに関して多くを語らなった賢治の胸の底には、農民と真の意味で対等・平等になれなかったという後悔があったと私は考えている。肥料設計には列をなした農民が、果たして賢治の掲げた「農民芸術論綱要」を精神の深い部分で理解しようと努めたかという部分には大きな疑義を覚える。当時の農民にそれを期待するのは的外れだという誹りを受けかねないが、少なくとも賢治には粘り強く自論を説けば、必ずや理解されるという自負と矜持とがあったろう。その点における諦念が、賢治に芽生え始めていたのではないだろうか。時代性だけではない処に賢治を絶望の淵に追い込む要因があると考えざるを得ない。

更にこの詩を読み進めてゆくと、「稲作挿話」と同じく、最終部分において賢治特有のレトリックを用いたメッセージが述べられている。「ちからのかぎりそらいっぱいの光でできたパイプオルガンを弾くがいゝ」と言う賢治のメッセージの背景には何があるのか。それを考えねばなるまい。

やはり、賢治が用いる「そら」そして「光」という詩語は、一般的解釈だけでは理解できない非常に深い意味を有すると考えられる。先ず「そら」は、「稲作挿話」最終部分の「雲」・「風」とも共通する自然界の一大現象であり、宇宙とも直接繋がる壮大な事象でもある。風を愛し、雲を愛でた賢治の想いの底には、地球は銀河の一部であり、またその中には「ドリームランドとしてのイーハトーブ」が存在するという真っすぐなロジックがあった。そして、その世界を通底する基本思想として、法華経的宇宙観があると賢治は考えていた。

つまり、自然現象も法華経の「諸法実相」という考えの中では、人間と対等に繋がる存在である。それならば、「雲」も「風」も「そら」も「光」（太陽が起こす自然現象としての光もしくは『ひかりの素足』で描かれた「貝殻のやうに白く光る大きなすあし」という後光とでも呼ぶべき光）も、自分と同じ地平に位置する存在であると同時に、その背景に法華経的宇宙観を有するので、これらが何かしらの啓示を直接自分に与えてくれるのは、至極当然であると賢治は考えていたのかもしれない。

例えば、宮沢清六氏が生前、私に説いてくれた「兄の童話で風が吹くと、何か異次元を思わせる現象が現れるのです。『どんぐりと山猫』で馬車別当が現れる時にも風が吹き、山猫が登場する時には、より強い風が吹く。『風の又三郎』は言うまでもありません。つまり、兄の童話と風は強い結びつきがあるのです」という分析も、風が地球を大循環して起きる現象であり、元を辿れば宇宙の何らかの科学的反応の結果として風は起きると賢治は考えていたのかもしれない。

このように考えて行くと、「そらいっぱいの光でできたパイプオルガン」とは、天の啓示によりもたらされた神秘的な力を有するものの象徴であると考えてよい。即ち、この教え子の身近にいつも存在し、弾こうと望めば、いつでも力の限り弾くことが出来るパイプオルガンとは、大循環の風が吹く中、雲を媒体として垂れこめた太陽の光そのものである。むろんそれは法華経の教えを内包した絶対的な善で象られたものでなくてはならない。それこそは正に賢治がイーハトーブの丘や野原で見た「太陽の光を十分に携えた雲のカーテン」に相違ないだろう。賢治の作品に登場する表現の多くは、彼がイーハトーブの野原や山で実際に見た風景や現象に基づいている。それが賢治作品最大の特徴であると共に力でもある。実在の風景や現象に賢治独特の思惟を注ぎ、他者が真似できない唯一の世界を形成する。またその世界は「法華経の広宣流布」という大命題を果たすために機能し続ける。それが賢治文学のメインストリームである。

確かに読者の側から見ると、賢治作品にはある種のベールが意図的にかけられ、彼の伝えようとする神髄が見えにくくなっている。それは否定できない。例えば、『ごんぎつね』で新見南吉が伝えようとした想いは小学生が議論すれば、ある程度満足のゆく回答が得られる。それは南吉が童話による児童・生徒の人間性の涵養というような明確な意思を持ちながら、『ごんぎつね』を書いているからである。南吉は作品のエニグマを半ば披露する形で読者の善的な懐柔に努めた。この点では南吉の方が分かりやすい作家であり、教材として見てもはるかに扱いやすい。詩の世界で言えば、高村光太郎の『道程』の方が、西脇順三郎の『ambarvalia』よりはるかに教えやすい作品であることとよく似ている。

しかし、長い文学の歴史が証明してくれるように、分かり易く明快なものだけが、高い文学的価値を有するのではない。分かりにくさを丹念に紐解き、そこに横たわる鉱脈のごとき筆者の本意に触れた時、読者は、その嬉々とした想いの脇に、或る種の満足感が溢れるのを実感する。時にはそれが、読者の人生観に多大な影響を及ぼしたりすることもあろう。そこまで大仰でなくとも、同じ作者の別の作品を読みたくなったり、筆者と同時代を生きた文学者の作品へアプローチする契機になったりすることは稀なことではないだろう。このような文学の醍醐味のほんの一欠片を生徒に経験させることが、当時の私自身の使命だと感じていた。

確かに賢治作品の多くは、イマジネーションの世界そのものが彼にとっては目的であり、結果（理想）である。研究者、法華経行者でない限り、ひとまずは賢治のイマジネーションに身を委ね、十分に味わい尽くすことが大切なのだということも生徒に伝えたかったのである。

このような私の試みは二十年近くを経た修文大学の教室で蘇った。保育者を志す心優しい学生たちは通年三十回という「宮沢賢治論」を穏やかに受け入れてくれた。「手遊び」や「ペープサート」を教わった方が明らかに現場では有効だ。しかし、学生の多くはこのすぐには役に立ちそうもない講義にも興味を示した。私は改めて賢治作品が持つ、魅力と力に脱帽する思いだった。

先日、教育実習の巡回指導で、この頃教えた学生に出会った。学生時代には講義が終わると、恥ずかしそうに俯きながら、賢治作品から感じた素直な実感を伝えてくれる姿が印象的な学生であった。卒業後、愛知県愛西市の私立幼稚園で教諭となり、経験十二年目という彼女は、実習している学生の現況報告が一通り終わると、「学費を自分で払いながら大学に通う私たちⅢ部学生には、賢治の世界が眩しく思えました。お金持ちの息子の道楽なのかと感じたことも……。でも、その作品がある一つの理想に向けて一心に書かれていることを講義で知り、人間が生きるということは、それぞれの理想の炎を燃やすことなんだと私なりに理解しました。賢治が教えてくれたことを何度も思い出しながら、これまで頑張って来ました。それを報告できることが嬉しい」。私は寒風が吹く園庭でその言葉を聴きながら、賢治作品の持つ動かし難い力のようなものに改めて触れたような気がした。

その時、私の脳裡に「告別」の中の「みんなが町で暮したり一日あそんでゐるときにおまへはひとりであの石原の草を刈るそのさびしさでおまへは音をつくるのだ多くの侮辱や窮乏のそれらを噛んで歌ふのだ」と言う詩行が浮かんだ。賢治が重んじた「実践」という理想と共に。まさに彼女は賢治の理想の実践者であり、至上の読者なのだと思うと、私の貧しい「実践」にも少しは価値があるのだと感じた。このような実践の連なりこそが賢治作品の持つ本当の使命なのかもしれない。

四　宮沢清六氏との出会い――宮沢家の居間にて――

更にもう一つ私が賢治作品に強く惹かれ、宮沢賢治と言う類稀なマルチ人間に射止められた事由が、賢治の実弟宮沢清六さんとの出会いだった。一九九六年、「宮沢賢治生誕百年」で賑わう花巻を、文学講座で教えた受講生五名と共に訪ねた。市内はこれまで見たことがないほどの人で溢れ、記念館も入場制限がかかるほどだった。数年前から花巻市下根子桜にある「桜地人館」の伊藤均さんと親しくしていた私は、先ず「桜地人館」を訪れた。

「先生、清六さんに会わせてあげようか？でも、先生一人だけね」。私は突然の申し出に驚いた。清六さんはもう誰が訪ねてきても、個人的な面会はしないと聞いていたからだ。「大丈夫なんですか。訪ねたりして」。伊藤さんは微笑みながら頷いた。

賢治の生家近くで買ったメロンを携えて私は伊藤さんに導かれながら、宮沢家の玄関に立った。伊藤さんが私を紹介する声を聴いていた清六さんが、「それでは三十分だけでお願いします」と仰り、私は賢治の生家である宮沢家の門をくぐった。花巻に蝉の声がこだまする八月初めの暑い午後だった。伊藤さんは辞去し、一人居間に通された私が、清六さんの顔を眺め、「お兄さんによく似ていらっしゃいますね。」と告げると、「ええ。この頃よく言われます。兄は若くして亡くなったのですが……」。長身痩躯の九十歳が少し微笑み、遠くを見つめながら兄賢治のことを訥々と語り始めた。

「賢治のことを沢山の方が色々な視点で研究されていますけれど、あなたはどの視点から研究されていますか?」。「私は祖母の影響で幼い頃から法華経を聴いて育ちました。ですから自ずと法華経と賢治の関係に興味があります」。「賢治の研究は仏教の方面からでないと意味がありません。是非、続けて下さい」。そう言い終わると清六さんは書斎から二冊の本を持ってきて私に提示した。岩波新書の『仏教』と、国柱会から出された大橋富士子氏の『宮沢賢治まことの愛』だった。その後、高校に勤めながら静岡の大学に非常勤で出講していた私は、この本を参考に「宮沢賢治研究Ⅰ」(静岡学園短期大学研究報告)を書きあげた。その折、「観音経」についての考察が秀逸だと原士朗先生が「賢治研究」に書いてく

宮沢賢治生家

だされたことは嬉しい思い出である。
　その後、清六さんは三時間に亘り、淡々としかし時には熱を帯びた口調で、兄賢治のことを語り続けてくれた。盛岡から帰省した賢治に手を引かれて岩手軽便鉄道を毎日、見にいったこと。「羅須地人協会」の【ラス】の意味を尋ねると、「花巻を日本語で【ハナマキ】と言うのと同じだよ」と答えた兄の姿。そして『銀河鉄道の夜』はどうしても鉄道でなくてはならないという理由等、私は以後の賢治研究のヒントとなる示唆をたくさん受けて宮沢家を辞した。
　しかし、これらの示唆に劣らない衝撃を受けたのは、宮沢家の仏間に座り、

「十界曼荼羅」を拝んだ時と、「永訣の朝」の舞台となった宮沢家の庭を案内された時だった。その時、身近に賢治の存在を強く感じることができたことは、人生の中でも特筆すべき感動だった。私は「永訣の朝」の舞台に立ち、それを見届けていた清六さんとこうして会話している。賢治が毎日拝んだ「十界曼荼羅」を、七十年近くの時を経て、今こうして拝んでいるという現実は私を心地よい震撼に誘うには十分な経験であった。

翌年は清六さんの方から誘っていただき、再び花巻に宮沢家を訪ねた。一年前の喧騒が嘘のように静まり返った花巻は夏の太陽だけが元気に思えた。「やあ、来ましたね」と笑顔で迎えてくれた清六さんは一年の間に少しやつれたように見えた。この時は静岡大学・京都ノートルダム女子大学で有島武郎を研究した上杉省和氏が同行してくれた。宮沢家のリビングで賢治の生前の言動や、清六さんが知る限りの作品誕生の秘話等に話が及んだ。帰り際、清六さんから「林風舎」（清六さんの孫、宮沢和樹氏が経営する賢治グッズ等の販売を手掛ける会社）謹製のTシャツと、「ちくま文庫　宮沢賢治全集七巻」をお土産に頂いた。これが清六さんとの最期になった。「もう少ししっかり話を聴いておけばよかった」。清六さんの訃報を知らされた愛知県立丹羽高等学校の職員室で私は大いに後悔すると共に、かけがえのない賢治の伝承者と二度も会うことができた幸福を噛み締めた。

そして、私は大至急の依頼を受けた中日新聞夕刊、「宮沢清六さんを悼む」の原稿を図書館で書きながら、あの二回のインタビューで、実は計り知れない賢治への「切符」を清六さんから頂いたことに気付いた。それは賢治と言う凡そ尋常の感覚や認識力では計り知れない天才の素顔であり、または作品中の何気ない会話が、実は賢治と清六さんとの間で交わされた実際の会話であったことなど、その例は思いの外多い。

続いて特に印象に残る清六さんとのエピソードを語ることにする。先ずは清六さんからの不意の質問だった。私が清六さんを訪ねる少し前、賢治ファンの天文愛好家が新星を発見し、それに「ミヤザワケンジ」と名付けたことについて話していた時であった。「兄はなぜ『銀河鉄道の夜』の乗り物を鉄道にしたのか分かりますか?」。清六さんの真剣な眼差しに私はたじろいだ。答えに窮する私に清六さんは、「あの時代ですし、新しい物が好きな兄ですから、【銀河ロケット】でも良かったはずだし、童話ですから【銀河馬車】でも良かったはずです。敢えて平板な【鉄道】にしたのは、兄が読者の皆さんとレールを通じて永遠に交流したいと望んだからです。兄の文学はそうなんです」。私はあまりにも宮沢賢治という人間の中枢を射抜いたとも言えるこの示唆に、「それはお兄さんの言葉ですか?」と言う間の抜けた質問しかできないでいた。

多分に実証的でも客観的でもない清六さんの言葉は、研究を生業にする人たちには取るに足らない私見に過ぎないかもしれない。しかし、賢治作品の魅力は読者に自分だけの作品解釈を語らせてしまうところにも存在するのではないか。この時の清六さんの言葉を反芻する度、私はその思いを強くする。そうでなければこの三十年ほどの間に出版されたおびただしい数の賢治に関する書籍は生れなかったであろう。後世の人間が自分だけの賢治を自在に語る。そこには或る種の危うさも存在するが、そうした裾野の広さこそが賢治が理想とした「広宣流布」を進める原動力なのかもしれない。

また、清六さんは、八歳前後の頃の兄賢治との思い出について私に話した。「兄が盛岡中学の寮から帰って来るのが楽しみでした。夕方決まった時刻になると、兄は私の手を引いて土手の上を歩き、軽便鉄道が通るのを見せてくれました。汽車を見るのも楽しみでしたが、それにも増して楽しみなのは、兄が花や草の名前等を教えてくれることでした。【清六、見てごらん。りんどうの花が咲いている】などと言って話しかけてくれるんです。その楽しかったこと」。

私は宮沢家から新花巻駅へ向かうレンタカーを運転しながら、賢治はこのりんどうの話を基にして、『銀河鉄道の夜』においてカンパネルラがジョバンニに語り掛けるあのセリフ（「ああ、りんどうの花が咲いている。もうすっかり秋だねえ」）ができたのだと直感した。

あの夏から四半世紀近くが過ぎたが、数年前立て続けに宮沢家に連なる二人が相次いで賢治とその家族に纏わる逸話を基本とした書物を刊行した。その一冊が『屋根の上が好きな兄と私　宮沢賢治妹・岩田シゲ回想録』（宮沢明裕編・栗原敦監修・蒼丘書林・二〇一七年一二月）である。

特に「兄の声」と題する項には、これまであまり語られなかった幼少の頃の賢治のリアリティ溢れる姿が描かれている。「兄は声が良かったかも知れません。それとも或る感情を込めて歌う節まわしが良かったのでしょうか。何か引きつけられる歌い方でした」妹シゲさんのこの叙述を読み、思い出したことがある。それは花巻農学校（稗貫農学校）での賢治の教え子たちが語る賢治像に共通する想いだ。

私が初めて花巻を訪ねた三十数年前には、賢治の教え子が数人存命だった。その人々から教師としての賢治の言葉や語りについて興味深く話を聴いたが、賢治の声そのものについて聞く機会はなかった。私は勝手に賢治の声は、どちらかと言えば籠った声であり、それに、花巻弁の独特なイントネーション等が混ざり、どちらかと言えば「美声」とは反対のものであろうと勝手に類推していた。

しかし、ひとたび教え子たちの話がその内容に及ぶと、皆口を揃えて賢治の話しぶりの明快さと情熱とについて語り始める。シゲさんが「引きつけられた歌い方」と評する根拠は、実は賢治の声が美声か否かではなく、聴く者に自分の想いを伝えようとする賢治の心熱の高さによるものかもしれない。

賢治は人に何かを語る際、対象となる事象をつぶさに観察し、分析するだけではなく、自分が理解し、伝えようとすることを、どのような言葉とストーリーとを駆使すべきかを考える人間であった。例えば、農学校教師時代、生徒に語った

「有機農法」の話に代表されるように、賢治は生徒の理解度に叶った方法で、必要に応じて図や絵などを援用しながら、説明を試みた。賢治に教わった生徒の多くが、その教材研究に要した時間の多さと、伝えたいという情熱とを感じる授業であったことを証言している。

シゲさんが感じた、声及び節まわしの良さとは、賢治のこのような内部的事情に起因するのかもしれない。先日、ＮＨＫの男性アナウンサーが、電子黒板の使用について討論するコーナーで、「電子黒板は確かにスマートで合理的な点からは賞賛されるべきツールだが、自分が中学生時代、先生が板書をしながら、生徒に声を掛け、理解度を確かめながら授業を進める姿に引き込まれた。重要な箇所を説明しながら、板書する時のチョークの音のリズムが心地よく、人間味を感じた」と述べていた。

最近、大学の講義では、パワーポイントで作成した画面を学生に提示する方法が主流になりつつある。私自身も講義の内容によってはパワーポイントを用いることもある。しかし、私は文学作品の主題に関わる箇所等を教える時には、板書を用いることにしている。これは学生に自分の生の声と文字とで作品の魅力を伝えたいと願う私の願望の現れでもある。こうした方法は、パワーポイントの画面をスマートフォンで写真に撮り、講義を聴こうとしない学生にとっては大変迷惑な方法かもしれないが、人の話を「ヨク見聞キシ分カリ　ソシテ忘レズ」を理想とした賢治の想いを遂行する手段として最良の方法であると、自分に言い聞かせている。

五　現代に生きる賢治作品――愛知県立芸術大学生たちの試み――

私が今回の執筆に当たり、心がけたことの一つに、広い意味での「肉声」を大切にするということがある。そのような想いでこの本を読むと、岩田シゲさんの回想の果てにシゲさんだけの賢治像が浮かぶ。そんなイメージを借りてここでは、「私だけの賢治」を紐解き、言葉を紡いでいる人々の率直な賢治観及び作品観について、述べてみたい。それでは、二〇二三年一一月一〇日、名古屋市千種区内で試みたインタビューを取り上げる。

インタビューの相手は、愛知県立芸術大学声楽及び器楽専攻二年の三名の女子学生である。この三名は「銀河鉄道の夜」を自分たちの自由な発想や考えで再構築した作品（ミュージカル「銀河鉄道の夜」）を、「長久手市文化の家風のホール」で自主公演した時の中心メンバーである（因みにこの学生たちとは、同年、十月十一日、私が担当した愛知県立芸術大学での「文学に現われた死生観」という講義を介して相知ることになった）。

このミュージカルの脚本・演出を担当したTさん（器楽二年）は「プロダクションノート」の中で次のように述べている。

　本作の脚本を製作するにあたり、宮沢賢治の精神を知ることは必要不可欠でした。そもそもあまり彼の作品に触れてこなかった私は童話から詩集、伝記など様々な文献を読み、どうにか砂利の中に隠れる一粒の砂金のような彼の核となるものを見つけようとしましたが、それは簡単なことではありませんでした。実は「銀河鉄道の夜」は、彼の妹トシの病死後から彼自身の死まで約十年間、推敲が繰り返されています。彼自身トシの死にとてもショックを受けたそうで、この作品はその事実の受け入れ方を模索する過程で生まれたものだと考えました。少し話が逸れてしまいますが、私達は愛する人やペットが亡くなった時によく「お星さまになった」「虹の橋を渡った」と言いますよね。本質的には彼と私達の考え方に差異はないと思うのです。つまり彼は、「人間はこの世での生命がなくなってしまっても宇宙や銀河という広大な世界の中では決して死ぬことはなく、どこかで生き続けている」ということ、そして大切な人の死については「その生命の消失はただ徒に悲しむべきことではなく、故人は遺された者と一体化し、内に宿し、共に生きてゆく」と考えることで自身を納得させたのではないでしょうか。そんな彼の想いや願いが詰まった当作品の主人公二人は本当に繊細で優しく、少年ならではの痛いくらいの純真さが胸を打ちますが、それは彼の内面の繊細さや優しさ、そしてそれに伴う葛藤そのものだったのでしょう。

Tさんの「プロダクションノート」を読み、改めて感性そして実感ということの大切さを知る思いがした。インタビューの時、本人は「宮沢賢治について殆ど何も知らないまま、企画に入ってしまった」と述べていたが、この「プロダクションノート」を読む限り、賢治が『銀河鉄道の夜』で描こうと試みた世界を若い感性で見事に実感していることが分かる。

特に「人間はこの世での生命がなくなってしまっても宇宙や銀河という広大な世界の中では決して死ぬことはなく、どこかで生き続けている」という見解において、自分たちと賢治とが同一の地平にいるとするこの考えは、賢治の作品の多くを理解する上で、極めて重要な認識である。ただ、「どこかで生き続けている」という箇所に関しては輪廻転生を是とする賢治の立場から言えば、「他の存在として再び生まれ、新たな生を生きている」という考えがあることも付記しなければならないだろう。

しかし、この点については、Tさん自身が、「プロダクションノート」の後半において「その生命の消失はただ徒に悲しむべきことではなく、故人は遺された者と一体化し、内に宿し、共に生きてゆく」と言う過不足ない見事な表現で自身の見解に効果的な補足を加えている。この見解の中にも輪廻転生の理解は含まれていないが、「故人は遺された者と一体化し、内に（魂？）を宿し、共に生きてゆく」の中には、広義で捉えた次元での輪廻転生を読み取ることができなくはない。

　だが、仏教にそれほど近くない場所に立つ多くの読者から見れば、この死に対する感覚的な見解に素直に寄り添うことに親近感を覚えるに相違ない。賢治が目指した法華経の「広宣流布」という理想からは少し逸れるかもしれないが、このような読みの視点を持つことで、賢治文学の裾野はなお一層の広がりを見せることになるのもまた真実であろう。

　加えて慧眼とも評すべき見解として、「当作品の主人公二人は本当に繊細で優しく、少年ならではの痛いくらいの純真さが胸を打ちますが、それは彼の内面の繊細さや優しさ、そしてそれに伴う葛藤そのものだったのでしょう」の箇所が挙げられる。Tさんが指摘するように、ジョバンニとカンパネルラは互いを思い遣りつつも、様々な状況に屈し、それが素直に表現できない少年である。二人の葛藤の源泉には、純真な心を持つ者だけが併せ持つ、優しさと繊細さがある。その点を見抜いた見解は見事としか言いようがない。

　私は今回、偶然にも「ミュージカル銀河鉄道の夜」を彼女らが演じた翌週、愛知県立芸術大学資料館地階の教室で、宮沢賢治の死生観について講じた。受講者の中には、ミュージカルに関わった学生も多く、講義後にはジョバンニやカンパネルラそして鳥捕り、車掌を演じた学生が誰であるかも認識することができた。秋と言うには未だ気温が高く湿度も高い夕刻であったが、僅かに紅くなりかけた長久手の丘陵にあるキャンパスで、現代の学生が演じた銀河鉄道の人々との出会いは衝撃的であった。

今回の「ミュージカル銀河鉄道」を通じて、現代の芸大生が公演の基調としたのは、先の辻さんの「プロダクションノート」にある言葉たちだ。「故人は生者と一体化し、共に生きる」という理念に貫かれた公演は、三人から手渡されたDVDを鑑賞する限り、成功していると言ってよい。公演を実際に観た、同大学の大塚直准教授（近代ドイツ語圏の演劇・「宮沢賢治の死生観」企画者）が高揚した声で公演の質の高さを私に伝えてくれた時、現代の若者の中にも賢治は確かな存在感で生き永らえていることを知るに至った。

また、インタビューを試みた学生の内、Kさん（声楽科二年）は、今回の公演の発案者の一人である。Kさんに「何故、銀河鉄道を原作に選んだのか？」と質問したところ、「誰もが知っているけれども、どこか不思議さや奥深さがある作品を原作に選ぼうと考えていました。宮沢賢治の作品を読んだ後に残る不思議な感覚、それを表現したいと思い選びました」と答えてくれた。

確かに学外の会場を借り、公演と言う形式で行うミュージカルなので、あまり有名でない作品では、来場者も少なくなることが予想される。それでは多くの反応も期待できない。となれば賢治作品の中でも有名な作品を演じようと考えたのかもしれない。また彼女は「稽古が進むに連れ、作品には多くの謎が含まれていることに気が付きました。子どもの頃、読んだ時には、幻想的な内容だと感じていた物語内での出来事が実は、大きな意味を秘めている。それだけに、参加者間での議論も旺盛に行うことができたように思います」という感想も述べてくれた。

Ｋさんが述べているように『銀河鉄道の夜』は読者に満足な読了感を与える作品ではない。随所にストーリーの不確かさ故の疑義と、賢治の意図を捕捉できなかったという悔いを感じる作品である。これは彼女たちがテクストにしている『銀河鉄道の夜』が賢治から見れば完成作品ではないので、致し方ないのかもしれない。しかし、そうした、改稿が原因ではない「揺らぎ」が『銀河鉄道の夜』には存在している。そしてその「揺らぎ」こそが、Ｋさんが指摘する魅力の源なのかもしれない。

また、この「揺らぎ」の発生と賢治の宗教観の表現方法とは密接に関係していると考えてよい。ジョバンニとカンパネルラは名前から察するとイタリアの少年である。普通に考えれば、「北十字」若しくは「南十字」で下車したキリスト教徒と一緒に下車するのが普通である。しかし、少なくともジョバンニは最初からキリスト教徒とは異なる「十ばかりの不思議な文字（南無妙法蓮華経をサンスクリット語で表記したものか？）」が書いてある切符を所持している。銀河に住むと思われる住人は生者なのか、それとも死者なのか等、夥しい数の疑問が物語に独特の「うねり」をもたらしている。

賢治の側から考えればこうした「揺らぎ」や「うねり」を可能な限り解消し、ある程度整然とした物語へと変容させたいという意図があったのかもしれない。しかし、賢治の人生の時間がそれに追いつかず、敢え無く不完全形の物語を世に問う流れになったということになるのだろうか。だが、この奇跡的な偶然が、読者に多くの謎を抱かせ、その結果として作品に対する様々な解釈が生まれた。そしてその解釈の誕生が皮肉なことに、作品が多くの人に興味を持って読まれるよ

釜石線「土沢駅」

うになる要因ともなった。

最近、私は賢治は何度書き直しを行っても、自身の宗教観を効果的に作品に反映させる表現方法についての結論めいたものを提示できなかったのではないかと考えている。特に『銀河鉄道の夜』においてそれを遂行することはできなかったのではないかと言うのが私の見解である。

その理由については様々なことが考えられる。先ず考えられるのは賢治が昭和八年以降に生存した場合、時局の変化に対応できたのだろうかという問題である。私は『銀河鉄道の夜』に見られる或る種の「多国籍化」は視点を変えれば「無国籍化」である。賢治は法華経の教えを日本に止まらず、世界に向けて発信したいと考えていた。それは「農民芸術論綱要」（一九二六年）を見れば明らかであろう。

近代科学の実証と求道者たちの実験とわれらの直観の一致に於て論じたい
世界がぜんたい幸福にならないうちは個人の幸福はあり得ない。
（中略）
新たな時代は世界が一の意識になり生物となる方向にある
正しく強く生きるとは銀河系を自らの中に意識してこれに応じて行くことである
われらは世界のまことの幸福を索ねよう　求道すでに道である
（中略）
世界に対する大なる希願をまづ起せ
強く正しく生活せよ　苦難を避けず直進せよ
（中略）
まづもろともにかがやく宇宙の微塵となりて無方の空にちらばらう

しかもわれらは各々感じ　各別各異に生きてゐる
ここは銀河の空間の太陽日本　陸中国の野原である

（『新校本宮澤賢治全集第十三巻（上）覚書・手帳・本文篇』筑摩書房・一九九七年七月）

ここにあるように、一九二六年の時点で既に賢治の想いは世界を模索している。羅須地人協会を興こし、精神的な昂ぶりは最高潮に近いものがある時期だということを差し引いても、この精神はかなり強固な背景と根拠に基づいて、構築されたものだと考えてよい。やがてこの理想も、迫りくる軍靴の足音には抗しきれず、表面上は反故にせざるを得なくなる。羅須地人協会の解散という帰結も賢治にとっては耐え難い敗北であったろう。

このように賢治が理想を具現化するフィールドとして考えていた「世界」は、その基軸を失い、「広宣流布」の対象ではなくなる。悲劇的な世界大戦の導火線の一つとなった日本は、後戻りできない時代へと邁進せざるを得なくなったのである。

確かに賢治のことなので、こうした時局の趨勢にも抗い、理想を掲げ続けたのではないかと言う推論も確かに成り立つ。だが、そうであったとしたら、賢治の足元は危うさを増したのではないだろうか。つまり、治安維持法をはじめとする悪法に抗い続けることにより、羅須地人協会のみならず、自身の基盤をも失いかねない事態に立つということである。

だからと言って、賢治が自身の理想を時局の趨勢を容認する形で具現化することは原理的に不可能である。このような事態の中で賢治が、作品を効果的に用いて「広宣流布」の大目標を成し遂げることができたとはどうしても考えにくい。そのような視点に立つと、『銀河鉄道の夜』は、現存する最新の原稿がほぼ、完成版と捉えてよいのかもしれない。

さて、このように約九十年前に完成したと考えてよい『銀河鉄道の夜』は、時を経て、芸大生の手により蘇生した訳だが、「ミュージカル銀河鉄道」で、作品中に登場する詩の幾つかは、Oさん（声楽科二年）が担当した。

（天気輪の柱）

林の道を　星が照らす　彼は登る　霧の中
夢に薫る　つりがねそうの花　夢に咲く　野ぎくの花
そらへ
沈む街を見渡せば　黒い野原　風が遠く鳴り響く
浮かぶそらを見上げれば　白い天の川　星が生きる

Oさんが描写しているようにジョバンニの銀河への旅は、既に始まっているのかもしれない。つりがねそうも野ぎくも「夢に薫り」、「夢に咲く」という用語に、Oさんの作品観が現れている。そしてまさに「星が生きる」天の川に向けて不思議な旅は開始される。作品完成から九十年を経た、二〇二三年の秋においても、賢治の描いた銀河鉄道は彼がイメージしたフォルムとストーリーとを保ちながら、現代を疾駆する。

これは、偶然の所産でもなければ、奇跡的な符合がもたらした遺産でもない。

賢治の描いた作品世界の背景とでも言うべきものが。或る種の永遠性（不易）を有しているからである。また、同じく岡さんは「プリオシン海岸」の項では次のように歌い上げている。

（プリオシン海岸）

時は百二十万年前、
第三世紀の後頃
ここらは海岸　塩水が寄せたり引いたり
ほら火山灰に火砕流、分厚い地層の中
ほら見ろ足跡、牛のようだ　こっちはイネ　貝殻
真上に浮かぶ北十字　それが目安だ
くるみを割れ

Oさんが示すように銀河鉄道の進む取りあえずの「目安」は北十字である。こ

の先、どのような経路を辿り、地上に戻ることができたかは知る由もない。ここでOさんが「北十字」を「目的地」ではなく、「目安」としていることは、極めて重要な示唆である。「北十字」で死せるキリスト教徒は下車し、車内にはジョバンニとカンパネルラだけが残される。

ジョバンニは「十ばかりの不思議な文字」が書かれた切符のおかげで、「石炭袋」の入口まで辿り着き、親友のカンパネルラと別れた。あたかも地上で起こりうるAという現実世界を基にしたAダッシュとでも呼ぶべき銀河での「現実」を短時間の内に経験しながら。Oさんの詩は、その道程を捕捉しながら、二人の旅の行く先を指し示している。二人が割ったバダグルミの音は、遠い旅路へのシフレとなり、幻想第四次の鉄道と共に銀河へ溶け入る。

このように、決してミュージカルの原作に選ぶまで、とりわけ熱心に読んだわけではないという賢治作品が、現代の芸大生の中で、見事に結実し、自分たちなりの「銀河鉄道の夜」の世界を創出していることに素直な驚きを覚える。最近、大学で講義をしていて気付くのは、一昔前まで、高校の定番教材であった文学作品への無関心さである。無論、この背景には高校の国語教材を「論理」と「文学」とに分け、大学受験で出題機会が多い、「論理」を主に選択する高校が増えているという現状があることも考えられよう。

しかし、そのような現状の中、賢治作品だけは不変の存在感を示していると感じるのは、私だけだろうか。その半ば逆説的な説明として挙げられるのは、『なめとこ山の熊』であろう。この作品は多くある教材の中で、小学校六年生と高校三年生に採択されている。理解力も言語操作能力も大きく異なる生徒が、同一作品を鑑賞するという不可思議な現況の背景には、賢治作品が持つ普遍性がある。

この普遍性とは、言い換えれば読む者の心の中心部を揺さぶる作品の秘めた力であり、永遠性なのかもしれない。この力こそが賢治作品の価値であり、本質である。そのような年齢やそれに伴う習熟度とは別の視野から、読者を狙い撃つ魅力が賢治作品の価値である。

さて、ここで『なめとこ山の熊』を例に挙げると、次のような点が浮き彫りになる。小学校六年生があの作品を読むと、命の大切さとその平等性、そしてそれらを踏まえた上での、動物と人間との共生と言うような読みに至る。

また、高校三年生では、小学校六年生での読みを背景として食物連鎖や、生きるためには受け入れざるを得ない運命やしがらみとそれから解放された時の、或る種の幸福感を読み取ることも可能だ。

このような次元の異なる読みが保障されるところに、賢治作品の独自性が存在する。つまり、同一の言語表現下に埋蔵された読みの多様性の問題である。年齢に応じた読みが存在する理由として、作品世界の豊饒なイマジネーションや、作家のスペックの多さを指摘することも可能だが、賢治作品の場合はこうした豊饒なイマジネーションや、作家のスペックを支えるコアの部分の存在が重要だと指摘できよう。それは言うまでもなく、賢治が理想とした「法華文学の創作」という思惟を元にしている。

しかし、賢治の創作者としての秀逸さは、そうした理想を可能な限り秘匿したことである。まさに、世阿弥が『風姿花伝』で説いた「秘すれば花」の精神がそこには存在する。それに加えて、賢治が国柱会の師、高知尾智耀から学んだ、「農業に従事する者は鍬の先に、文学を生業とする者であれば筆の先に、自然と法華経の精神が宿る」という教えをまっすぐに実践する賢治の姿を見て取ることも可能だ。高知尾師の教えは、あからさまに法華経の教えを表面化するより、なるべく表現の背後にそれをしまい込み、謎解きのように読者が作者の伝えたかった真髄に気付いた方が、深くそれが刻印されるという、ある意味で当然の理屈が存在する。

例えば先に例として挙げた、小学六年生の読解と、高校三年生の読解をこれに当てはめてみると、次のようになる。「命の大切さとその平等性、そしてそれらを踏まえた上での、動物と人間との共生」は、まさに法華経の「長者窮子の譬え」等に代表される考えである。また、高校三年生が読解するであろう「生きるためには受け入れざるを得ない運命やしがらみ」は、法華経の「諸法実相」・「因果応報」等にその源泉を見ることができる。

このように、異年齢が到達するだろう読解の根底には法華経の世界観がある。だが、それぞれが到達するだろう読解は、同一の連鎖の上に存在するものである。やはり、「動物と人間との共生」を理想とする基盤がなければ、人間が受容せざるを得ない運命に対する或る種の諦念、そして、命の平等性という観念は成立しない。実はこの段階的な文学性こそが、賢治作品の普遍性と柔軟性とを保障する重要な性質なのかもしれない。

続く章では作品をテクストに、賢治作品の魅力と本質とを明らかにしてゆきたい。

第二章　『なめとこ山の熊』論

――物語世界からの救済――

はじめに

　賢治作品は分厚いカーテンに覆われたかのように、作品の中心に来るであろう真実を敢えて秘匿したと思われるものが多い。これは、賢治が家出して上京した折、鶯谷の国柱会館で高知尾智耀に「文章を書く者はペンの先に、自然と法華経の教えが滲み出るものだ。決して相手に押し付けようとしてはならない」と諭されたことに強く影響されたからだと考えてよい。私はこの賢治の態度を大学の講義で学生に説明する時、指示していない政党の街頭演説が耳障りでしかない事を例に用いる。加えて、常識を超えた強引さで自分が信じる宗教の摂理を解く者も同様であるとも。

　賢治の聡明さは改めて説明するまでもないことだが、この点における賢治の対応は特に優れていると言ってよい。法華経の教義を説くためだけであれば、何も回りくどい物語の世界を借りなくとも、「仏教説話」を書けばよい。賢治が目指した「法華文学」の創作とは、あくまで、彼が自分の天職と認めた文芸創作の世界において成し遂げられるものであり、作品として成立する条件を備えていなければならない。

その条件とは読者に真意をあからさまに提示することではなく、文学作品が持つレトリックや構成の妙、そして的確にしてかつ、読者の心理に染み込みやすい言葉を用いることである。確かに賢治の初期の童話などには法華経の広宣流布という想いが溢れすぎ、ともすれば「仏教説話」だと考えられるような作品も存在する。それは賢治作品の中では「習作」にすぎず、その後の作品を生む「通過儀礼」のようなものである。

一　『なめとこ山の熊』から読み取れる現実のヒエラルキー

ここで話題にしたい『なめとこ山の熊』もまた、「食物連鎖」や「弱肉強食」という宿命の中に生きる猟師の小十郎を通して、人間がその存在の中にしまい込み、敢えて蓋をするような命題と向き合った作品である。しかし、賢治はこの作品においても「法華文学」の創作という理想を掲げながらも、高知尾師の言葉を忠実に守っている。賢治は「広宣流布」という想いを内蔵しながら、そのエクリチュールは作品と言う世界を完成させることを願って止まない。

ここで話題にしたいのは、賢治が小十郎を物語の外へ出すために、構成を工夫し、その上で、独特のレトリックを駆使している事実である。読者は行間に見え隠れする、仏教的世界観に時折、揺さぶられながらもその物語世界に潜むイマジネーションの豊かさに魅せられる。私はこのバランスこそが賢治作品の魅力の一つであると考えている。

小十郎は学問もなく、財産もない家に生まれた一介の猟師であるが、その腕前は確かだ。しかし、獲物を売りに町へ出ると、狡猾な商人に半ば騙される人生を送っている。小十郎は賢治が拵えた世界に意図的に閉じ込められた人間であり、その言葉からは宿命に翻弄されながらも、それに従わねばならないという諦念が窺える人物である。

小十郎は、生き物の命を奪うことを生業とすることに大きな懐疑を抱きながらも、その道を全うすることが、宿命（業）だという諦念を抱きながら暮らしている。ただ、金のためだけに乱獲を繰り返す猟師とは異なり、山の神の使いであるとされる熊たちへのリスペクトと、その命を取ることに対する贖罪意識を常に忘れない男である。次の世に生まれ変わる時には、猟師にだけは生れたくないと一心に願い続ける人間でもある。それは原作中の次の言葉からも明らかである。

「熊。おれはてまえを憎くて殺したのでねえんだぞ。おれも商売ならてめえも射たなけあならねえ。ほかの罪のねえ仕事していんだが畑はなし木はお上のものにきまったし里へ出ても誰も相手にしねえ。仕方なしに猟師なんぞしるんだ。てめえも熊に生まれたが因果ならおれもこんな商売が因果だ。やい。この次には熊なんぞに生れなよ」

（『風の又三郎』角川文庫・一九八八年一〇月二〇日八版、『なめとこ山の熊』に関してはすべて同じ）

小十郎はこの因果に苦しみながらも、そこから逃れることができないのもまた因果であると悟る心優しい猟師である。そして、「罪のない仕事」を求めつつも、それが叶わぬ夢であることを十分に自覚し、敢えて社会移動を試みることなく、その因果の淵を歩み続ける修羅でもある。小十郎の生からは、賢治が自らの姿を描写した「春と修羅」の、「いかりのにがさまた青さ　四月の気層のひかりの底を　唾し　はぎしりゆききする　おれはひとりの修羅なのだ」を連想することができよう。

しかし、このように苦悶する小十郎にも、天の与える恩恵のような世界が広がる。

母親とやっと一歳になるかならないような子熊と二疋ちょうど人が額に手をあてて遠くを眺めるといったふうに淡い六日の月光の中を向うの谷をしげしげ見つめているのにあった。小十郎はまるでその二疋の熊のからだから後光が射すように思えてまるで釘付《くぎづ》けになったように立ちどまってそっちを見つめていた。すると子熊が甘えるように言ったのだ。

ここに先行する箇所で、「小十郎はもう熊のことばだってわかるような気がした」とあるように、小十郎という存在そのものは熊というヒエラルキーの一部と化したかのようでもある。賢治も稗貫農学校時代の教え子の証言によると、犬の言葉が理解できたかのような行動をしているが、「諸法実相」「一念三千」の定義からすればそれは容易いことなのかもしれない。事の真偽ではなく、見る者に本当ではないかと思わせる不思議な力が賢治には満ちていた。そんな作者が自己のある部分を投影させて拵えたと思われる小十郎もまた、カルマに苦しみながらも、精神的安逸を熊との情緒的交流に見出すことが出来る、ある種の選ばれし人間である。続いて小十郎は熊の親子の静謐な空間へと忍び寄る。

「どうしても雪だよ、おっかさん谷のこっち側だけ白くなっているんだもの。どうしても雪だよ。おっかさん」すると母親の熊はまだしげしげ見つめていたが、やっと言った。「雪でないよ、あすこへだけ降るはずがないんだもの」子熊はまた言った。「だから溶けないで残ったのでしょう」「いいえ、おっかさんもあざみの芽を見に昨日あすこを通ったばかりです」

『雪わたり』の子狐の会話と並ぶ、賢治作品の中でも珠玉と思われる動物の会話に、読者はしばし心を奪われる。最終場面ばかりが注目される『なめとこ山の熊』であるが、この個所も注目すべきである。子熊のあどけなさと、母熊の威厳とがあたかも人間同士のように絡み合うこのシーンからは、賢治が抱いていた人間と熊との「命の平等性」が浮かび上がる。難解な教義でそれを語ることなく、あくまで対象（熊の親子）に語らせるという手法は賢治作品の最大の魅力である。ここにも国柱会館での高知尾師の言説を賢治は忠実に守っている。賢治の中では熊も人間も同じ生き物という次元で捉えられていることが鮮明になるシーンとしてこれは重要な意味を持つと思われる。

ところが、先にも述べたように、小十郎も町に出ると、山中で見せる豪儀で、ある種の神々しさを秘めた人間性は微塵も見えてこない。「旦那」と呼ぶ商人により、悲しいまでに翻弄される小十郎の姿は惨めで脆弱である。

ところがこの豪儀な小十郎がまちへ熊の皮と胆《きも》を売りに行くときのみじめさといったら全く気の毒だった。（中略）「旦那さん、先ころはどうもありがどうごあんした。」あの山では主のような小十郎は毛皮の荷物を横におろして叮ねいに敷板に手をついて言うのだった。「はあ、どうも、今日は何のご用です」「熊の皮また少し持って来たます」「熊の皮か。この前のもまだあのまましまってあるし今日ぁまんついいます」「旦那さん、そう言わないでどうか買って呉《く》んなさぃ。安くてもいいます」「なんぼ安くても要らなぃます」（中略）「旦那さん、お願だます。どうが何ぼでもいいはんて買って呉なぃ」小十郎はそう言いながら改めておじぎさえしたもんだ。主人はだまってしばらくけむりを吐いてから顔の少しでにかにか笑うのをそっとかくして言ったもんだ。「いいます。置いでお出れ。じゃ、平助、小十郎さんさ二円あげろじゃ」店の平助が大きな銀貨を四枚小十郎の前へ座って出した。小十郎はそれを押しいただくようにしてにかにかしながら受け取った。それから主人はこんどはだんだん機嫌がよくなる。「じゃ、おきの、小十郎さんさ一杯あげろ」小十郎はこのころはもううれしくてわくわくしている。主人はゆっくりいろいろ談す。小十郎はかしこまって山のもようや何か申しあげている。間もなく台所の方からお膳できたと知らせる。小十郎は半分辞退するけれども結局台所のとこへ引っぱられてってまた叮嚀な挨拶《あいさつ》をしている。（中略）けれどもどうして小十郎はそんな町の荒物屋なんかへでなしにほかの人へどしどし売れないか。それはなぜか大ていの人にはわからない。けれども日本では狐けんというものもあって狐は猟師に負け猟師は旦那に負けるときまっている。ここでは熊は小十郎にやられ小十郎が旦那にやられる。旦那は町のみんなの中にいるからなかなか熊に食われない。けれどもこんないやなずるいやつらは世界がだんだん進歩するとひとりで消えてなくなっていく。僕はしばらくの間でもあんな立派な小十郎が二度とつらも見たくないようないやなやつにうまくやられることを書いたのが実にしゃくにさわってたまらない。

作者自身が自ら述べるように、読者も「あんな立派な小十郎が二度とつらも見たくないようないやなやつにうまくやられることを書いたのが実にしゃくにさわってたまらない」と感じる部分である。

しかし、ここで大切なのは、賢治の視線が、「旦那・猟師・動物（熊・狐）」というヒエラルキーを借りて、人類全体へ向けられていることであろう。賢治作品の魅力はこの無垢であるだけに真摯で一途な人類批判の中にも表現されている。「世界全体が幸福にならないうちは個人の幸福はありえない」（『農民芸術論綱要』）と唱える賢治の態度は、理想主義と呼ばれる程、曖昧ではなく、平等主義と呼ばれる程、政治的でもない。

賢治の主義（精神）は事の本質を最短かつ最速で射抜くため、批判や批評を寄せ付けない強さがある。以前、賢治のこうした態度を「地方青年の子どもらしい夢」だと断じた叙述に出会ったことがある。確かに花巻・盛岡に住み、中央と距離を取った形で生きた賢治は、無名さ故のある種の安心感を感じながら暮らしていたのかもしれない。故郷を離れ、東京で幾多の批判や批評を受けながら書き続けた、同時代の文学者である、室生犀星（石川県出身）、佐藤春夫（和歌山県出身）等に比べると、さほど攻撃を受けることはなかった。しかし、そのような背景を根拠に賢治の主義（精神）を厳しさに欠けると判断するのは早計であろう。

また、この「旦那」に賢治の父、政次郎を重ねることは容易であり、確かにそうした思いを読み取ることは可能である。特に、「熊の皮か。この前のもまだあのまましまってあるし今日ぁまんついいます」と投げかけ、小十郎が「どうが何

胡四王山から花巻市を望む

ぼでもいいはんて買って呉ないぃ」と返答するのを待つ狡猾な「旦那」の態度からは、一般的に想像しやすい「質屋の旦那」としての政次郎の姿を思い浮かべやすい。宮沢賢治生誕百年の際に公開された映画（二作品）においても、政次郎のある種の狡猾さは共通に描かれていた。

　しかし、私には賢治が父政次郎の姿をこの「旦那」にそのまま投影したとは思えない。ここで描かれる「旦那」は「賢治から政次郎という視線」の先に描かれたものではなく、もっとメタな次元での視線、つまり、町の人間と山村の人間との比較という視線の先で描かれていると考えてよい。言い換えれば、作品が書かれた時点での近代とそれ以前の比較という賢治の視線が存在するということだ。

ここで、思い出すのは、『遠野物語』を執筆した時期に、柳田国男が抱いた危機感である。遠野と花巻とは近隣の町であり、柳田が遠野に対して抱いた危機感は、ほぼそのまま当時の花巻が無意識に抱えることとなった危機と同一のものであろう。柳田が危機感を抱くに至り、『遠野物語』を書こうとした発端の一つは、一九一〇年（明治四三年）に、上野・花巻間の東北本線開通であるとされる。

近代化が異例の急ピッチで進む明治の発展の象徴は鉄道網の整備である。レールで直接、東京と地方とが直接繋がるという事象は、現代を生きる我々には到底想像できないほどの驚きであり、生活を一変させるほどの一大事でもあった。賢治はこのような「農村の都市化」に対して極めて敏感な文学者であった。『虔十公園林』の中に次のような叙述がある。


次の年その村に鉄道が通り、虔十の家から三町ばかり東の方に停車場ができました。あちこちに大きな瀬戸物の工場や製糸場ができました。そこらの畑や田はずんずん潰《つぶ》れて家がたちました。いつかすっかり町になってしまったのです。

（『新修宮沢賢治全集　第十一巻』筑摩書房・一九八三年一二月二日（『虔十公園林』についてはすべて同じ）

この個所は見過ごされがちだが、賢治の想いを知る上で重要な意味を持つ。そして、この描写の背景に、先の東北本線開通（上野・花巻間）があるのはうたがいのないところであろう。文明の発達という成功の裏側には、農村の破壊と言う切実な現実があった。賢治は科学者としては、文明の発達を喜んだだろうが、農村従事者・宗教者としては、この現象を手放しで喜べない事情があった。「そこらの畑や田はずんずん潰れて家がたちました。いつかすっかり町になってしまったのです」という叙述に、賢治の痛烈なアイロニーが潜んでいることは言うまでもない。このように『なめとこ山の熊』で描いた「旦那」（町）への厳しい視線は『虔十公園林』にも確かに見られる。

それでは、何故、賢治はこのような町・山村（旦那・猟師）という構図の中でもがき、結局は現実のヒエラルキーに組み込まれてゆく小十郎を、「あんな立派な小十郎」という表現で称えるのだろうか。その根拠に繋がる話は『なめとこ山の熊』の次の箇所に述べられている。

「おまえは何がほしくておれを殺すんだ」
「ああ、おれはお前の毛皮と、胆《きも》のほかにはなんにもいらない。それも町へ持って行ってひどく高く売れるというのではないしほんとうに気の毒だけれどもやっぱり仕方ない。けれどもお前に今ごろそんなことを言われるともうおれなどは何か栗かしだのみでも食っていてそれで死ぬならおれも死んでもいいような気がするよ」
「もう二年ばかり待ってくれ、おれも死ぬのはもうかまわないようなもんだけれども少しし残した仕事もあるしただ二年だけ待ってくれ。二年目にはおれもおまえの家の前でちゃんと死んでいてやるから。毛皮も胃袋もやってしまうから」

小十郎は変な気がしてじっと考えて立ってしまいました。熊はそのひまに足うらを全体地面につけてごくゆっくりと歩き出した。小十郎はやっぱりぼんやり立っていた。熊はもう小十郎がいきなりうしろから鉄砲を射ったり決してしないことがよくわかってるというふうでうしろも見ないでゆっくりゆっくり歩いて行った。そしてその広い赤黒いせなかが木の枝の間から落ちた日光にちらっと光ったとき小十郎は、う、うとせつなそうにうなって谷をわたって帰りはじめた。それからちょうど二年目だったがある朝小十郎があんまり風が烈しくて木もかきねも倒れたろうと思って外へ出たらひのきのかきねはいつものようにかわりなくその下のところに始終見たことのある赤黒いものが横になっているのでした。ちょうど二年目だしあの熊がやって来るかと少し心配するようにしていたときでしたから小十郎はどきっとしてしまいました。そばに寄って見ましたらちゃんとあのこの前の熊が口からいっぱいに血を吐いて倒れていた。小十郎は思わず拝むようにした。

小十郎と熊との関係が決して「狐けん」で表されるような、勝ち負けのみの優劣関係にはないことが読み取れる興味深い箇所である。「おまえは何がほしくておれを殺すんだ」という根源的な問いに対して、小十郎も人間には決して語らないであろう答えを熊に向けて発する。「けれどもお前に今ごろそんなことを言われるともうおれなどは何か栗かしだのみでも食っていてそれで死ぬならおれも死んでもいいような気がするよ」と言う答えには、小十郎の偽らざる想いが込められている。小十郎が願うのは弱肉強食、言い換えれば、食物連鎖のカルマから逸脱することである。

小十郎はここで「即身成仏」に繋がるような死を望む心情を述べているが、食物連鎖のカルマから逸脱する方法は意外と少ない。一般的な病死や事故死であっては食物連鎖というカルマから逸脱することはできないと小十郎は考えていた。そのような心情の小十郎に対して、熊は「もう二年ばかり待ってくれ、おれも死ぬのはもうかまわないようなもんだけれども少しし残した仕事もあるしただ二年だけ待ってくれ」と述べる。崇高とも呼べる死の約束が交わされるこの描写の背景にあるのは「諸法実相」の教えであり、命の平等性という賢治の生命観の主幹をなす思惟である。

続いて、「二年目にはおれもおまえの家の前でちゃんと死んでいてやるから。

毛皮も胃袋もやってしまうから」と言う熊の言葉からは、小十郎に命を差し出すことには躊躇《ためら》いがないと言う心情を読み取ることができる。熊もまた熊として生まれたカルマからは脱却することができないということを悟り、いつしか猟師に撃たれて死ぬのが運命なら、他の猟師の手に掛かるのではなく、小十郎の手に掛かって死にたいと願う。この熊の心情を読み取るだけでも、小十郎がいかに熊から崇敬を集める存在であったかが窺える。

そして、次の箇所にあるように、熊は小十郎との約束を果たすことになる。「ちょうど二年目だしあの熊がやって来るかと少し心配するようにしていたときでしたから小十郎はどきっとしてしまいました。そばに寄って見ましたらちゃんとあのこの前の熊が口からいっぱいに血を吐いて倒れていた。小十郎は思わず拝むようにした」。小十郎は熊の誠実さと潔さに心酔し、熊の魂が無上道へ至ることを祈る。ここまでくると、一般通念としての「猟師→熊」と言う関係は成り立たない。勿論、「狐けん」も無意味である。そこに描かれている「生き物」としてそれぞれの生を受けた二人が、カルマから逃れたいという根源的なリビドーを共有し、互いの尊厳を認め合いながら、魂の交友を続ける姿こそ、賢治の理想とする境地なのである。

しかし、この理想の境地が、内部に清算しようのない矛盾と諦念とを抱えたものであることは言うまでもない。この場合、「弱肉強食」の「強」の立場に立つ小十郎と「弱」の立場に立つ熊は、根本的には相容れない関係である。小十郎が漏らす「仕方がない」という言葉にこの矛盾が表現されている。賢治自身も亡くなるまでの十数年の間、努めて生き物の肉を食さないようにしたことは有名である。父の友人が家出した賢治を東京の下宿に訪ね、親子丼を御馳走した時も、彼はどんぶりの蓋に鶏肉と卵とを可能な限り取り分け、白米のみを食べるという徹底ぶりで、周囲を驚愕させた。

二　弱肉強食の摂理

賢治は所謂、在家信者であり、僧籍にあるわけではないので、そこまでの戒めは必要ない。妻帯してもよいし、飲酒してもよい。しかし、敢えて修行僧のように自らに厳しさを求めた賢治の一生は、俗人から見ると堅苦しく重いものである。

だが、宮沢賢治という人間は、自己の知りうる（経験しうる）状況の最大限の重さ、辛さを全身で受け止めようとする存在であり、その継続を「求道」だと考えることにおいて、自己理想を実現しようとした。村瀬学は「治癒としての演劇」（「國文学　宮沢賢治　脱＝領域の使者」・平成四年九月・学燈社）の中で、次のように述べている。

食べないと生きてゆけない。これが私たちにとっての最大の真実である。生きることを考えることは食べることを考えることである。（中略）食べようとするものがいるところには、食べられまいとする者がいるわけで、そういうものを食べるために、私たちは様々な「だまし」の技法をとらざるを得ないところがあった。つまり「食べること―生きること」という二項を考えようとすると、その間に「だますこと」という一項をどうしても考えざるを得なかったのである。つまり、「生きる」ことを考えようとすれば、「食う」ことを考えざるをえなくなり、「食う」ことを考えようとすれば「だます」ことを考えざるを得なくなるのである。

村瀬の言説は猟師としての小十郎の葛藤とは視座が異なるが、「人間・熊」と言う、地球上での因果関係を端的に捉えている。また、それと同時に、小十郎を苦しめている葛藤の根底にある、食物連鎖（弱肉強食）の摂理を見事に言い当てている。特に「食べること生きること」と言う二項を考える時に生じる、「だます」という仕方のない営為を提示している点は注目に値する。結局、「食うこと」を基底とした営みを続けるためには、「だます」ことは必要悪であり、その地平で苦悶すべきなのが人間になろうとする者の真の姿（修羅）だと言う賢治の思惟は、皮肉にもそこで逆照射されても来るのだ。

加えて村瀬は『植物医師』を例に挙げ、「だます」と言う行為について、以下のように考究している。

『植物医師』となると、この「だます」という主題はもっと露骨に描かれている。主人公の男は、単なるペンキ屋にすぎないのに、ある日突然「植物医師」になりすまし、農民にいいかげんなウソを言って薬を売りつけ、金もうけをするからである。本来であれば、このニセ植物医師は、ばけの皮をはがされ、人々から痛い目に会わされるという展開になるのだろうが、なぜか作品ではニセ医者は大目に見られて終わっている。（中略）私たちにとって「生きること」は「食うこと」であり、「食うこと」は「だますこと」にならざるを得ない面があった。だから、「だます」ことはどこかで肯定されなくてはならなかった。それはまた生きるもの同士が「嘘」をつき合うことをどこかで認めることにもつながってゆかなくてはならなかった。彼がペンキ屋を全面的に否定しなかったのも、ある意味では、それをできないことを感じていたからであろう。

村瀬が例に挙げる、「植物医師」が農民を「だます」場面は作品中に何か所も登場する。その中でも特に顕著なのは以下の箇所であろう。賢治がペンキ屋を全面的に否定できないでいる箇所からは、賢治自身が藻掻《もが》いていた或る種の諦念が垣間見える。食うためにはだますという行為が介在せざるを得ないという必然、言い換えれば、宿命（因果）というものがそこに存在する。それを深く知る賢治にとって、ペンキ屋を全面的に否定することはできないのだ。以下の、引用箇所の中にもそれは明らかだ。

農民三「今朝新聞さ広告出はてら植物医者づのぁ、お前さんだべすか。」
爾薩待「ああ、そうです。何かご用ですか。」
農民三「おれぁの陸稲ぁ、さっぱりおがらないです。」
爾薩待「ええ、ええ、それはね、疾《と》うから私は気が付いていましたがね、針金虫の害です。」
農民三「なじょにすたらいがべす。」
爾薩待「それはね、亜砒酸を掛けるんです。いま私が証明書を書いてあげますから、これを持って薬店へ行って亜砒酸《あひさん》を買って肥桶一つにこれぐらい入れて稲にかけるんです。」
（証明書を書く、渡す）
農民三「はあ、そうすか。おありがどごあんす。なんぼ上げ申したらいがべす。」

爾薩待「一円五十銭です。」

（金を出す）

農民三「どうもおありがどごあんすた。」

爾薩待「いや、ありがとう、さよなら。」（農民三　退場）

農民四、五　登場。

爾薩待「いや、今日は、私は植物医師、爾薩待《にさつたい》です。あなた方は陸稲の枯れたことに就いて相談においでになったのでしょう。それは針金虫の害です。亜砒酸をおかけなさい。いま証明書を書いてあげます。」（書く）

農民四、五（驚嘆《きょうたん》す）この人ぁ医者ばがりだなぃ。八卦《はっけ》も置ぐようだじゃ。」

爾薩待「ここに証明書がありますからね、こいつをもって薬屋へ行って亜砒酸を買って、水へとかして稲に掛けるんです。ええと、お二人で三円下さい。」

農民四、五「どうもおありがどごあんすた。」

爾薩待「ええ、さよなら。」

（『銀河鉄道の夜』新潮文庫・一九七九年六月五日）

学問のない農民が、詐欺にまんまと騙されるシーンを描く賢治の心中はいかばかりのものであろうか。『なめとこ山の熊』の中に描かれている賢治の独白「僕はしばらくの間でもあんな立派な小十郎が二度とつらも見たくないようないやなやつにうまくやられることを書いたのが実にしゃくにさわってたまらない」を想起させられる一節である。

また、爾薩待という存在は『注文の多い料理店』の都会から来た猟師を彷彿とさせる。賢治がその生涯を賭けて護ろうとした農民や動物と言う弱い立場の者に対して、爾薩待や都会から来た猟師は、どこか居丈高で、ともすれば農民や動物を愚弄してしまいそうな忌むべき存在である。弱肉強食に加えて、階層社会の成熟は貧富による格差を生む。さらにその格差は差別へと変容し、弱い立場の者を窮地へと追い込む。

「針金虫の害」なので、「亜硫酸をおかけなさい」と尤もらしい台詞を平然として吐く、爾薩待という男の背後には、賢治が最も危惧した、農村の都市化という一面的な「発展」に隠蔽された形で、花巻地方に蔓延しようとしていた近代的消費優先の社会の横顔が見て取れる。

また、見方を変えると、賢治が作品世界の外へと農民を救い出そうと試みるも、上手くゆかない現況の底には、先に村瀬が指摘した「ペンキ屋を全面的に否定することができない」に通じる或る種の諦念も垣間見られる。賢治童話が単なる子ども向けの童話でない根拠の一つとして、ここにあるような、解決できたようでできないもどかしさの存在が挙げられよう。簡単には割り切れない社会の基軸にある宿命の前で、立ち尽くすことしかできない無力さこそが、賢治童話の読者に対する問いであると共に、永く読み継がれる理由の一つでもあろう。

加えて、賢治自身が富裕層の出身であり、飢餓や貧困ということとは無縁の人間であったことは、強く彼を苛む根拠となった。羅須地人協会設立時にも、花巻の人々の視線は厳しく、「金持ち息子の道楽」だと揶揄されたことは周知の事実でもある。しかし、一般論から言えば、商家の旦那や爾薩待の側に生きる賢治が、敢えてこうした身を切るような場面を描くことで、自身の立場を半ば容認し、その地点からあるべき正義と理想を描くところに賢治童話最大の推進力を感じるのは私だけだろうか。

それでは、話を『なめとこ山の熊』に戻し、改めて小十郎に対する賢治の想いについて考えて行きたい。作品の末尾に以下のような場面が描かれているが、この場面を描いた賢治の意図が比較的理解しやすい内容になっていると思われる。


ぴしゃというように鉄砲の音が小十郎に聞えた。ところが熊は少しも倒れないで嵐《あらし》のように黒くゆらいでやって来たようだった。犬がその足もとに噛《か》み付いた。と思うと小十郎はがあんと頭が鳴ってまわりがいちめんまっ青になった。それから遠くでこう言うことばを聞いた。

「おお小十郎おまえを殺すつもりはなかった」

もうおれは死んだと小十郎は思った。そしてちらちらちらちら青い星のような光がそこらいちめんに見えた。

「これが死んだしるしだ。死ぬとき見る火だ。熊ども、ゆるせよ」と小十郎は思った。それからあとの小十郎の心持はもう私にはわからない。

とにかくそれから三日目の晩だった。まるで氷の玉のような月がそらにかかっていた。雪は青白く明るく水は燐光《りんこう》をあげた。すばるや参《しん》の星が緑や橙にちらちらして呼吸をするように見えた。

その栗の木と白い雪の峯々にかこまれた山の上の平らに黒い大きなものがたくさん環になって集って各々黒い影を置き回々《フイフイ》教徒の祈るときのようにじっと雪にひれふしたまままいつまでもいつまでも動かなかった。そしてその雪と月のあかりで見るといちばん高いところに小十郎の死骸《しがい》が半分座ったようになって置かれていた。

思いなしかその死んで凍えてしまった小十郎の顔はまるで生きてるときのように冴《さ》え冴《ざ》えして何か笑っているようにさえ見えたのだ。ほんとうにそれらの大きな黒いものは参の星が天のまん中に来てももっと西へ傾いてもじっと化石したようにうごかなかった。

死に行く小十郎の「熊ども、許せよ」という最期の言葉に、小十郎の生の苦悩が凝縮されている。「死ぬとき見る火」を見た小十郎は、自身の最期を察し、熊に許しを乞う。その許しの言葉の背景には、業から解き放たれた者の安堵感が垣間見られる。

　そして、作品最終部では熊たちが、敵であるはずの小十郎の死を悼み、「回々教徒の祈るときのよう」に、小十郎の死骸を拝む姿が描かれている。死骸となった小十郎の顔は、「生きてるときのように冴え冴えして何か笑っているようにさえ見えた」とされ、まさに弱肉強食及び食物連鎖の苦しみから解放された、小十郎の安心した様子が描写されている。

　このように、自らの死を以て様々な業から解放された（物語の外に出られた）小十郎の姿から、賢治が描こうと求めた「救い」を読み取ることができる。昨年九月、諏訪哲史が「りすんクリエイション」の中で試みた「小説（物語）の外へ出る（出す）」という作家のエクリチュールを『なめとこ山の熊』においても発見が可能なのである。

　因みに、奇しくも諏訪はかつて勤務していた大学のゼミ入室試験において、五十冊の読書とそれに関する読後感の提出を求めていたが、その一番目の作品が賢治の『銀河鉄道の夜』であった。諏訪作品の随所に賢治の影響が見られることは周知の事実だが、「小説（物語）の外へ出る（出す）」という営為においてもまた、賢治作品との符号が見られるのである。

言わば、登場人物を外に出す（救い出す）ことで、読者と同じ次元に存在させ、登場人物とそれを取り囲む空間で読者を包み込む。それにより、登場人物のみならず、読者も救済と言う境地に立つことができる。それは、民話や伝説による登場人物と読者の救済にも似て、どこかフォークロアの大気を感じさせる。賢治が求めた救済に関する創作の源泉は、彼を育んだ岩手の民俗に潜んでいるのかもしれない。岩手の自然と民俗の香気を十分に携えた作品、『なめとこ山の熊』は、多くの研究者が指摘するように、今後の賢治作品の読みの領域をより一層広げてくれる可能性に満ちているとも言える。

第三章　『セロ弾きのゴーシュ』論

――「開示悟入」をキーワードに――

一　ゴーシュの背景

『セロ弾きのゴーシュ』は宮沢賢治の作品の中でも、比較的読み進めやすい作品であり、動物が登場することから、小学生にも愛読者が多い作品である。私がこれまでに講演や授業を務めた小学校では、この作品から、「命の平等性」、「他者の意見を素直に聞くことの大切さ」、「動物愛護」、「貧しくとも希望を捨てずに生きることの大切さ」等が読後感として挙げられた。宮沢賢治が『セロ弾きのゴーシュ』を通じて表現したかったことは、次の二つに集約されるのではないだろうか。

一つ目は、「一念三千」「諸法実相」という法華経の理念を背景とした、動物と人間との対等な関係性である。これは、賢治童話の最大公約数的な「常識」であると共に、未だ色褪せぬ生命線でもある。猫がゴーシュに説諭するかのように語り掛け、最後には若干優位な地点から、ゴーシュに指図する姿は、嫌味ではなくむしろ笑い（ファルス）に近いものを感じる。

この猫を皮切りに、かっこう、こだぬき、ねずみの親子という動物が、夜半、疲れた若いセロ弾きの寒舎を訪ねるという童話的空間は、愉快かつ洒脱でもあるが、それらの叙述に埋蔵された賢治の真意は、透明なまでに深い。

二つ目は、楽団と言う閉ざされたヒエラルキーの中で展開する、あまりに人間的な寸劇に籠められた「現実」と、それに抗う青年ゴーシュの苦悶の姿である。楽団の中で劣等であるゴーシュは、練習の度に楽長から厳しい指導を受ける。基本的なスキルに欠けるゴーシュは「解けた靴紐」を引きずりながら歩く「デクノボー」であり、未熟な修行僧のようでもある。

郊外で独居生活をしながら、自給自足を思わせる生活を続けるゴーシュの姿に、羅須地人協会での賢治の姿を重ね合わせることは比較的容易とも言える試みであろう。一見、賢治にとっての羅須地人協会と言う存在は、ゴーシュが取り込まれている楽団と言う風通しの悪い世界とは真逆にも思えるのだが……。

家や学校（職場）と言う「箱庭的世界」を飛び出し、下根子桜と言う脱世間的な場所で賢治は、農業と言う過酷な生活を自らに強いた。著しく疲労しながらも「農民芸術」と言う理想を目指し、青白く燃えている姿には、世俗に身を置く者にはない眩しさがある。

一方、ゴーシュは、言わば世俗の象徴とも言える楽団と言う組織の中で、何とかドロップアウトしまいと、もがき苦しむ修羅のようでもある。他の楽団員とのスキルの差に苦しみ、楽長の厳しい視線の中で、生きるゴーシュにとって、生きるとはそのまま苦難であり、宿命でもある。

しかし、そのような境遇にありながらもゴーシュは、唯一の安寧の場である夜の自室という空間をも、セロの練習と言う苦行の場に置き換える。ゴーシュのセロに対する想いはどこまでも純真で真摯である。ある意味、ゴーシュが動物たちに選ばれた稀有な存在になれた背景には、こうした要素があるとも言える。誠実に努力・研鑽を重ねる者に対して、目に見えぬ（賢治には見えているが）大きな力が幸いをもたらすことに賢治童話が秘められた「法則性」とでも言うべき要素がここにも見られる。

例えば『銀河鉄道の夜』のジョバンニがそうであったように、何かしらの恩恵を付与される人物には必ず「因果」の存在をそこに見ることができるのが賢治童話の特徴である。親孝行で働き者で忍耐強いジョバンニは、親友カムパネルラの

新花巻駅前　セロ弾きのゴーシュのレリーフ

死に際し、輪廻に至る直前までの同行を許される。生前なしえなかった友情の復活が、輪廻への道程でなされたことは、「十文字ほどの不思議な文字」（梵字によるナムサダルマプンダルカスートラ）で書かれた切符を持つジョバンニにとっては最高の栄誉なのかもしれない。

ただし、ゴーシュの場合は、猫及びかっこうへの対応を見る限り、ジョバンニのような、後天的な人格や生き方のみで、選ばれた存在になれたとは考えにくい側面を有する。野ねずみの母親の独白にもあるように「ゴーシュ本人が無自覚のまま動物を治療していた」という点から見ても、生得的に何かしらの力を保持していたという見方もできる。

加えて、楽団の中でも劣った存在であり、楽長から常に厳しい言葉を浴びせかけられていたというゴーシュの描写からは、「デクノボー」的な性質を読み取ることもできよう。いずれにしてもゴーシュが、他の人間たちにはない不思議な力と宿命とを身に付けた存在として描かれていることは疑いのないところである。

二　法華経の存在

賢治童話の母胎に「法華経」の世界観があることは改めて言うまでもない。賢治の作家・詩人としての一生が、「法華文学」の創作の為のものであったことは、賢治の生前の言説からして明白である。しかし、在家信者の一人にすぎない賢治にとって、世俗にまみれた次元の中で、清浄な生を生きることは容易ではない。

このような賢治が「諸法実相」という理念を知ることにより、どのような知見を得ることになったのか。この点については北川前肇氏が以下のように述べている。

法華経の「方便品第二《ほうべんぼん》」には次のような文章があります。お釈迦《しゃか》様の第一の弟子・シャリープトラ（舎利弗《しゃりほつ》）が、「仏様だけが体得されているという真実の法を、どうか私たちに説いてください。」と懇願《こんがん》したとき、お釈迦様はこう返事をされました。

止《や》みなん舎利弗《しゃりほつ》、復《また》説《と》くべからず。所以《ゆえ》は何《いか》ん。仏の成就《じょうじゅ》したまへる所は、第一稀有難解《けうなんげ》の法なり。唯《ただ》、仏と仏とのみ、乃《いま》し能《よ》く諸法実相《しょほうじっそう》を究尽《くじん》したまへり。

（現代語訳）

止めなさい。舎利弗よ。み仏たちが成就されている真実のさとりの世界を言葉で説くことは容易ではありません。なぜならば、諸法の体得された唯一無二の最も深い真理は、非常に難解《なんかい》だからです。ただ、仏と仏とのみがよく「諸法実相」を極め尽くされているのです。

「諸法」とはこの宇宙すべての事象であり、「実相」とは「真実なるもの」のことです。つまり「諸法実相」とは、諸仏の体得した最も深い真理であることが、ここで明かされます。この宇宙に存在するすべての真実のすがたは真理を体現し、その真実のありようが諸法実相であり、永遠の真理である。その究極の真理は、「知慧第一」と呼ばれている一番弟子の舎利弗にさえ「理解できない」とお釈迦様は断言されているのです。すなわち、仏弟子《ぶつでし》として十界《じっかい》のうち声聞《しょうもん》界にある舎利弗には、仏界のさとりの認識できない、ということです。

（『宮沢賢治　久遠の宇宙に生きる』ＮＨＫ出版・二〇二三年四月一日）

一本の草木、一個の石にさえ真理が具現化されていると言う「諸法実相」という言葉に共感した賢治は、この真理に基づき、数々の作品を生み出した。自らが作品を通じて説きたい主題や想いを、敢えてベールで包んだかのようにして我々に提出してくる賢治童話の曖昧な難解さの一つの背景として、この「方便品第二」が大きな意味を持つことを、我々は考えなければならない。世の中のすべての事象が「真理を具現化したもの」だと理解する北川氏の法華経理解にこそ、賢治が追い求めた「法華文学」創作の神髄が隠れている。北川氏は身近な例を基に先の『宮沢賢治　久遠の宇宙に生きる』の中で、次のように説いている。

たとえば、目の前に一つコップがあるとしましょう。このコップは、原料の段階からたくさんの工程を経て器《うつわ》の形になり、ここに置かれています。そして、活用され、十分な働きを果たしています。しかし、その姿が将来にわたって存在するかどうかは不確実です。この先壊れてしまうかどうかは、私たちにはわかりません。これが「空」と「仮」の世界です。そのような「空」と「仮」の世界において、物としての本体があることを認識する、これが「中」です。このように物のありようをそのまま認識することが、法華経の「方便品第二」に説かれた「諸法実相」の意味です。今、目の前にある現実を絶対的に、肯定する、存在論としての哲学なのです。

北川氏の解説にあるように、「空」と「仮」の繰り返しである俗世間にあって、信じるべきものは「中」という位相にある認識論である。また、賢治が求めた理想的な意識の世界は、この「空」と「仮」の間隙にある「中」に秘められた「諸法実相」という「悟りの実在論」であるとも言える。

これを『セロ弾きのゴーシュ』に準えて言うとしたら、以下のようにも考えられる。動物が人間の言葉を自由に話し、ゴーシュを理想の世界へと導くように、それぞれの役割を演じている。楽団の狭い環境の中で、繰り返される不確かな「空」と「仮」の世界においては、すべての現象を「中」であると肯定し、受け入れるところに「諸法実相」という、ある意味で「悟りの実在論」がゴーシュを囲繞《いじょう》する。

つまり、ゴーシュが猫に始まり、かっこう、子ダヌキ、そして野ねずみの親子へと引き継がれて行くエクリチュールに身を任せ、徐々に心の中にある人間上位の優位性に満ちた考えを修正し、「悟り」の持つ、穏やかな世界観を辿る時、そこに現れるのは、すべてをありのままに受け入れ、肯定する「諸法実相」の空間である。

『セロ弾きのゴーシュ』が持つ、ある意味でのアタラクシア（楽園）は、このような法華経的世界観を抜きにしては語れない。セロが巧くない、自分とは何だろうという根元的問いに立つゴーシュが、夜な夜な訪れる動物たちを受けいれ、特にかっこう以降の動物からは、その教示に耳を傾け、自己錬磨の方法に昇華させて行く姿は、北川氏の説く「諸法実相」が具現化されたものに他ならない。こうして、一般的な価値観では捉えきれない賢治独特の「悟り」の中で作品は、時代や背景に左右されない永劫の輝きを獲得するのである。

三　動物たちの役割と背景

次に少し異なる視点から『セロ弾きのゴーシュ』が持つ法華経的認識について述べてみたい。それは四匹の動物と「如来寿量品第十六」に説かれている「開示悟入」との関係である。続いて猫に関する該当箇所を引用する。

そのとき誰《たれ》かうしろの扉《と》をとんとんと叩《たた》くものがありました。

「ホーシュ君か。」ゴーシュはねぼけたように叫《さけ》びました。ところがすうと扉を押《お》してはいって来たのはいままで五六ぺん見たことのある大きな三毛猫《みけねこ》でした。

ゴーシュの畑からとった半分熟したトマトをさも重そうに持って来てゴーシュの前におろして云いました。

「ああくたびれた。なかなか運搬《うんぱん》はひどいやな。」

「何だと」ゴーシュがききました。

「これおみやです。たべてください。」三毛猫が云いました。

ゴーシュはひるからのむしゃくしゃを一ぺんにどなりつけました。

「誰がきさまにトマトなど持ってこいと云った。第一おれがきさまらのもってきたものなど食うか。それからそのトマトだっておれの畑のやつだ。何だ。赤くもならないやつをむしって。いままでもトマトの茎をかじったりけちらしたりしたのはおまえだろう。行ってしまえ。ねこめ。」

すると猫は肩《かた》をまるくして眼をすぼめてはいましたが口のあたりでにやにやわらって云いました。

「先生、そうお怒りになっちゃ、おからだにさわります。それよりシューマンのトロメライをひいてごらんなさい。きいてあげますから。」

「生意気なことを云うな。ねこのくせに。」

セロ弾きはしゃくにさわってこのねこのやつどうしてくれようとしばらく考えました。

「いやご遠慮《えんりょ》はありません。どうぞ。わたしはどうも先生の音楽をきかないとねむられないんです。」

「生意気だ。生意気だ。生意気だ。」

ゴーシュはすっかりまっ赤になってひるま楽長のしたように足ぶみしてどなりましたがにわかに気を変えて云いました。

「では弾くよ。」

ゴーシュは何と思ったか扉《と》にかぎをかって窓もみんなしめてしまい、それからセロをとりだしてあかしを消しました。すると外から二十日過ぎの月のひかりが室《へや》のなかへ半分ほどはいってきました。

「何をひけと。」

「トロメライ、ロマチックシューマン作曲。」猫は口を拭《ふ》いて済まして云いました。

「そうか。トロメライというのはこういうのか。」

セロ弾きは何と思ったかまずはんけちを引きさいてじぶんの耳の穴へぎっしりつめました。それからまるで嵐《あらし》のような勢《いきおい》で「印度《インド》の虎狩《とらがり》」という譜を弾きはじめました。

するとすると猫はしばらく首をまげて聞いていましたがいきなりパチパチパチッと眼をしたかと思うとぱっと扉の方へ飛びのきました。そしていきなりどんと扉へからだをぶっつけましたが扉はあきませんでした。猫はさあこれはもう一生一代の失敗をしたという風にあわてだして眼や額からぱちぱち火花を出しました。するとこんどは口のひげからも鼻からも出ましたから猫はくすぐったがってしばらくくしゃみをするような顔をしてそれからまたさあこうしてはいられないぞというようにはせあるきだしました。ゴーシュはすっかり面白《おもしろ》くなってますます勢よくやり出しました。

「先生もうたくさんです。たくさんですよ。ご生ですからやめてください。

これからもう先生のタクトなんかとりませんから。」

「だまれ。これから虎をつかまえる所だ。」

猫はくるしがってはねあがってまわったり壁にからだをくっつけたりしましたが壁についたあとはしばらく青くひかるのでした。しまいは猫はまるで風車のようにぐるぐるぐるぐるゴーシュをまわりました。

ゴーシュもすこしぐるぐるして来ましたので、

「さあこれで許してやるぞ」と云いながらようようやめました。

すると猫もけろりとして
「先生、こんやの演奏はどうかしてますね。」と云いました。

セロ弾きはまたぐっとしゃくにさわりましたが何気ない風で巻たばこを一本だして口にくわえそれからマッチを一本とって
「どうだい。工合《ぐあい》をわるくしないかい。舌を出してごらん。」

猫はばかにしたように尖《とが》った長い舌をベロリと出しました。

「ははあ、少し荒《あ》れたね。」セロ弾きは云いながらいきなりマッチを舌でシュッとすってじぶんのたばこへつけました。さあ猫は愕《おどろ》いたの何の舌を風車のようにふりまわしながら入り口の扉《と》へ行って頭でどんとぶっつかってはよろよろとしてまた戻って来てどんとぶっつかってはよろよろまた戻って来てまたぶっつかってはよろよろにげみちをこさえようとしました。
ゴーシュはしばらく面白そうに見ていましたが
「出してやるよ。もう来るなよ。ばか。」
（『新編　銀河鉄道の夜』新潮文庫・二〇二三年七月・八一刷、本作品に関してはすべて同じ。）

先ず、一匹目の猫の役割は、取りあえずゴーシュの頑なな心を「開く」ことであると考える。猫は居丈高な物言いでゴーシュの前に現れ、ゴーシュが栽培したトマトを土産にするなどの「暴挙」を働き、ゴーシュの怒りを買う。最終的には、ロマンティック・シューマン作の「トロメライ」（トロイメライ）を「ひいてご覧なさい、聴いてあげますから」と嘯《うそぶ》く。ゴーシュは耳栓をした後、「インドの虎狩」と言う皮肉めいた題の激しい曲を弾きまくる。その音色に治療と安堵とを期待した猫は、予期せぬ状況に慌てふためき、ゴーシュに舌でマッチを擦られた後、心神喪失の様子で外に逃げ出す。

この段階でゴーシュが動物たちに対して理解と受容の精神でいるとは思えないが、とにかく、ゴーシュの閉ざされた心は猫の「暴挙」によってノックされ、次の次元への道を歩み始める。後の野ねずみの母親の言葉にもあるように、実はこの時もう既に動物たちに対しての心身の治療行為を始めていたゴーシュであったが、この時点ではその事実に気付いていていない。

やはり、猫をはじめとする動物たちが、躊躇《ためら》いもなくゴーシュの住まいを訪ねることができたのは、動物たちの間では既に、ゴーシュの及ぼす「功徳」は周知の事実であったことが想像される。動物たちの間ではセロで心身を解し、その振動と音色で病を快方へと向かわせるゴーシュは「薬師如来」に近い存在であったとも言えよう。続いてかっこうに関する該当箇所を引用する。

ゴーシュが叫びますといきなり天井《てんじょう》の穴からぼろんと音がして一疋《ぴき》の灰い

ろの鳥が降りて来ました。床へとまったのを見るとそれはかっこうでした。

「鳥まで来るなんて。何の用だ。」ゴーシュが云いました。

「音楽を教わりたいのです。」

かっこう鳥はすまして云いました。

ゴーシュは笑って
「音楽だと。おまえの歌は、かっこう、かっこうというだけじゃあないか。」

するとかっこうが大へんまじめに
「ええ、それなんです。けれどもむずかしいですからねえ。」と云いました。

「むずかしいもんか。おまえたちのはたくさん啼《な》くのがひどいだけで、なきようは何でもないじゃないか。」

「ところがそれがひどいんです。たとえばかっこうとこうなくのとかっこうとこう泣くのとでは聞いていてもよほどちがうでしょう。」

「ちがわないね。」

「ではあなたにはわからないんです。わたしらのなかまならかっこうと一万云えば一万みんなちがうんです。」

「勝手だよ。そんなにわかってるなら何もおれの処《ところ》へ来なくてもいいではないか。」

「ところが私はドレミファを正確にやりたいんです。」

「ドレミファもくそもあるか。」

「ええ、外国へ行く前にぜひ一度いるんです。」

「外国もくそもあるか。」

「先生どうかドレミファを教えてください。わたしはついてうたいますから。」

「うるさいなあ。そら三べんだけ弾《ひ》いてやるからすんだらさっさと帰るんだぞ。」

ゴーシュはセロを取り上げてボロンボロンと糸を合わせてドレミファソラシドとひきました。するとかっこうはあわてて羽をばたばたしました。

「ちがいます、ちがいます。そんなんでないんです。」

「うるさいなあ。ではおまえやってごらん。」

「こうですよ。」かっこうはからだをまえに曲げてしばらく構えてから

「かっこう」と一つなきました。

「何だい。それがドレミファかい。おまえたちには、それではドレミファも第六交響楽《こうきょうがく》も同じなんだな。」

「それはちがいます。」

「どうちがうんだ。」

「むずかしいのはこれをたくさん続けたのがあるんです。」

「つまりこうだろう。」セロ弾きはまたセロをとって、かっこうかっこうかっこうかっこうかっこうとつづけてひきました。

するとかっこうはたいへんよろこんで途中《とちゅう》からかっこうかっこうかっこうかっこうとついて叫《さけ》びました。それももう一生けん命からだをまげていつまでも叫ぶのです。

ゴーシュはとうとう手が痛くなって

「こら、いいかげんにしないか。」と云いながらやめました。するとかっこうは残念そうに眼をつりあげてまだしばらくないていましたがやっと

「……かっこうかくうかっかっかっかっか」と云ってやめました。

ゴーシュがすっかりおこってしまって、

「こらとり、もう用が済んだらかえれ」と云いました。

「どうかもういっぺん弾いてください。あなたのはいいようだけれどもすこしちがうんです。」

「何だと、おれがきさまに教わってるんではないんだぞ。帰らんか。」

「どうかたったもう一ぺんおねがいです。どうか。」かっこうは頭を何べんもこんこん下げました。

「ではこれっきりだよ。」

ゴーシュは弓をかまえました。かっこうは「くっ」とひとつ息をして
「ではなるべく永くおねがいいたします。」といってまた一つおじぎをしました。

「いやになっちまうなあ。」ゴーシュはにが笑いしながら弾きはじめました。するとかっこうはまたまるで本気になって「かっこうかっこうかっこう」とからだをまげてじつに一生けん命叫びました。ゴーシュははじめはむしゃく

しゃしていましたがいつまでもつづけて弾いているうちにふっと何だかこれは鳥の方がほんとうのドレミファにはまっているかなという気がしてきました。どうも弾けば弾くほどかっこうの方がいいような気がするのでした。

「えいこんなばかなことしていたらおれは鳥になってしまうんじゃないか。」とゴーシュはいきなりぴたりとセロをやめました。

するとかっこうはどしんと頭を叩《たた》かれたようにふらふらっとしてそれからまたさっきのように

「かっこうかっこうかっこうかっかっかっかっかっ」と云ってやめました。それから恨《うら》めしそうにゴーシュを見て

「なぜやめたんですか。ぼくらならどんな意気地ないやつでものどから血が出るまでは叫ぶんですよ。」と云いました。

「何を生意気な。こんなばかなまねをいつまでしていられるか。もう出て行け。見ろ。夜があけるんじゃないか。」ゴーシュは窓を指さしました。

東のそらがぼうっと銀いろになってそこをまっ黒な雲が北の方へどんどん走っています。

「ではお日さまの出るまでどうぞ。もう一ぺん。ちょっとですから。」

かっこうはまた頭を下げました。

「黙《だま》れっ。いい気になって。このばか鳥め。出て行かんとむしって朝飯に食ってしまうぞ。」ゴーシュはどんと床をふみました。

するとかっこうはにわかにびっくりしたようにいきなり窓をめがけて飛び立ちました。そして硝子《ガラス》にはげしく頭をぶっつけてばたっと下へ落ちました。

「何だ、硝子へばかだなあ。」ゴーシュはあわてて立って窓をあけようとしましたが元来この窓はそんなにいつでもするする開く窓ではありませんでした。ゴーシュが窓のわくをしきりにがたがたしているうちにまたかっこうがばっとぶっつかって下へ落ちました。


次に二匹目のかっこうの役割は、猫により開かれたゴーシュの心に、演奏を上達させるには何が大切かを「示す」ことであると考える。かっこうはゴーシュに何度も「ドレミファを教えて下さい。自分と合わせて下さい。」とせがむ。するとゴーシュは「おまえたちのはカッコウ、カッコウと鳴くだけではないか（かっこうとドレミファは根本的に異なる)」と反論する。しかし、かっこうの真剣さに心をほだされ、遂には一緒にドレミファとかっこうを合わせて奏でる。ゴーシュはこの物語で初めて、動物の願いを聴くことになるのである。

更に、ゴーシュはかっこうの「あなたのはいいようで、どこか違うんです。」という指摘を受ける。この指摘と併せて、音合わせを途中で放棄したゴーシュへの叱咤の言葉こそが、かっこうのセロ上達への箴言となる(「開示悟入」の「示」)。だが、ゴーシュはかっこうの方が正しいのかも知れないという想を持ちながらも、これ等の言葉を全面的に受容することができず、己の不甲斐なさへのぶつけようのない怒りとともに、かっこうを追い払うという行動に出る(この行為について作品末でゴーシュが、かっこうに謝罪する箇所は、本作品を読解する上で極めて重要な意味を秘めているとも言えよう)。

さて、ここで考えなければならないのは、一匹目の猫に心を開かれたゴーシュが、何故、反発を覚えながらも、かっこうの声に耳を傾け、その申し入れを一時であっても引き受けたかという点である。一匹目の猫に対しては、動物虐待とも捉えられかねない対応をしたゴーシュだが、「音楽を教わりたいのです。」と言うかっこうの申し出をやや躊躇いながらも引き受け、「どうかもういっぺん弾いてください。あなたのはいいようだけれどもすこしちがうんです。」と言う的を射た指摘に怒りながらも、「ではこれっきりだよ。」と返答し、優しさを見せている。

これは、賢治が作品に込めて描きたい（伝えたい）と願った法華文学の創作という観点から見ると、ある意味当然な流れでもある。賢治は花巻を出奔して東京の国柱会に行くまでは、信仰に対してファナティックな面のある青年だった。しかし、国柱会の高知尾師と出会い、法華文学創作における心構えを説かれ、その本質に触れた。それは敢えて声高に法華経の素晴らしさを叫ぶのではなく、それぞれの生業の中に自然と法華経の教えが滲み出るのが理想であるという言葉であった。

この教えは賢治の中の狂信と言う名の猛獣を落ち着かせ、永い時間をかけて法華経の意義と理想とを世に広めてゆくことこそが本当の姿であるということを悟らせるに至った。加えて、在京時代の布教活動は困難を極め、改めて自己の信念を相手に伝えることの難しさを知った賢治は、布教（広宣流布）には段階が存在し、その道程を着実に歩むことが重要だと悟ったに違いない。

また、それと共に、布教活動で体験した、他人を折伏《しゃくぶく》することの困難さは、賢治の一つの転換点になり得たのであろう。その経験が、かっこうの項の後半によく表れていると言えなくもない。特に、「ゴーシュははじめはむしゃくしゃしていましたがいつまでもつづけて弾いているうちにふっと何だかこれは鳥の方がほんとうのドレミファにはまっているかなという気がしてきました。どうも弾けば弾くほどかっこうの方がいいような気がするのでした。」という箇所から、動物たちが法華経の行者で、ゴーシュが折伏すべき相手であることも自ずから理解される。自らの殻に閉じ籠り、自分の不甲斐なさを内省するよりも、どこかでそれを他人や社会のせいにするゴーシュは、賢治から見れば救われることから遠い位置にいる法華経外の人間であるとも考えられる。続いて狸の子に関する該当箇所を引用する。

「こら、狸、おまえは狸汁《たぬきじる》ということを知っているかっ。」とどなりました。するど狸の子はぼんやりした顔をしてきちんと床へ座《すわ》ったままどうもわからないというように首をまげて考えていましたが、しばらくたって

「狸汁ってぼく知らない。」と云いました。ゴーシュはその顔を見て思わず吹《ふ》き出そうとしましたが、まだ無理に恐《こわ》い顔をして、

「では教えてやろう。狸汁というのはな。おまえのような狸をな、キャベジや塩とまぜてくたくたと煮《に》ておれさまの食うようにしたものだ。」と云いました。すると狸の子はまたふしぎそうに

「だってぼくのお父さんがね、ゴーシュさんはとてもいい人でこわくないから行って習えと云ったよ。」と云いました。そこでゴーシュもとうとう笑い出してしまいました。

「何を習えと云ったんだ。おれはいそがしいんじゃないか。それに睡いんだよ。」

狸の子は俄《にわか》に勢《いきおい》がついたように一足前へ出ました。

「ぼくは小太鼓《こだいこ》の係りでねえ。セロへ合わせてもらって来いと云われたんだ。」

「どこにも小太鼓がないじゃないか。」

「そら、これ」狸の子はせなかから棒きれを二本出しました。

「それでどうするんだ。」

「ではね、『愉快《ゆかい》な馬車屋』を弾いてください。」

「なんだ愉快な馬車屋ってジャズか。」

「ああこの譜《ふ》だよ。」狸の子はせなかからまた一枚の譜をとり出しました。ゴーシュは手にとってわらい出しました。

「ふう、変な曲だなあ。よし、さあ弾くぞ。おまえは小太鼓を叩くのか。」ゴーシュは狸の子がどうするのかと思ってちらちらそっちを見ながら弾きはじめました。

すると狸の子は棒をもってセロの駒《こま》の下のところを拍子《ひょうし》をとってぽんぽん叩きはじめました。それがなかなかうまいので弾いているうちにゴーシュはこれは面白《おもしろ》いぞと思いました。

おしまいまでひいてしまうと狸の子はしばらく首をまげて考えました。

それからやっと考えついたというように云いました。

「ゴーシュさんはこの二番目の糸をひくときはきたいに遅《おく》れるねえ。なんだかぼくがつまずくようになるよ。」

ゴーシュははっとしました。たしかにその糸はどんなに手早く弾いてもすこしたってからでないと音が出ないような気がゆうべからしていたのでした。

「いや、そうかもしれない。このセロは悪いんだよ。」とゴーシュはかなしそうに云いました。すると狸は気の毒そうにしてまたしばらく考えていましたが

「どこが悪いんだろうなあ。ではもう一ぺん弾いてくれますか。」

「いいとも弾くよ。」ゴーシュははじめました。狸の子はさっきのようにとんとん叩きながら時々頭をまげてセロに耳をつけるようにしました。そしておしまいまで来たときは今夜もまた東がぼうと明るくなっていました。

「あ、夜が明けたぞ。どうもありがとう。」狸の子は大へんあわてて譜や棒きれをせなかへしょってゴムテープでぱちんととめておじぎを二つ三つすると急いで外へ出て行ってしまいました。

出会いの当初は冷酷な態度を取るゴーシュであるが、「だってぼくのお父さんがね、ゴーシュさんはとてもいい人でこわくないから行って習えと云ったよ。」

という無邪気な言葉に心の縛りが解け、ついに笑い出してしまう。それからのゴーシュは狸の子の願いを聞き入れ、「愉快な馬車屋」を弾くに至る。ここはゴーシュがこの物語で初めて見せたと言ってもよい、素直な姿でもある。

そして狸の子の、「ゴーシュさんはこの二番目の糸をひくときはきたいに遅れるねえ。なんだかぼくがつまずくようになるよ」と言う神髄をついた言葉に対して、それを何の疑問もなく受け入れるという態度を取る。「いや、そうかもしれない。このセロは悪いんだよ。」と返答するゴーシュの姿からは、数日前に猫やかっこうに示した傲慢さは消えている。自分より弱い立場にあると考えられる動物たちの示唆を素直に受け入れ、苦悩する姿からはまさに「開示悟入」の「悟」の精神の存在を感得することができよう。

動物に人間としての尊厳を誇示し、常に上に位置する存在であろうとする心情とは異なる、命の平等性を背景としたゴーシュの心映えの変化は、賢治が目指した理想的な折伏の結果だとも言える。次に野ねずみの親子に関する該当箇所を引用する。

するとのねずみは何をわらわれたろうというようにきょろきょろしながらゴーシュの前に来て、青い栗《くり》の実を一つぶ前においてちゃんとおじぎをして云いました。

「先生、この児《こ》があんばいがわるくて死にそうでございますが先生お慈悲《じひ》になおしてやってくださいまし。」

「おれが医者などやれるもんか。」ゴーシュはすこしむっとして云いました。するとの野ねずみのお母さんは下を向いてしばらくだまっていましたがまた思い切ったように云いました。

「先生、それはうそでございます、先生は毎日あんなに上手にみんなの病気をなおしておいでになるではありませんか。」

「何のことだかわからんね。」

「だって先生先生のおかげで、兎《うさぎ》さんのおばあさんもなおりましたし狸さんのお父さんもなおりましたしあんな意地悪のみみずくまでなおしていただいたのにこの子ばかりお助けをいただけないとはあんまり情ないことでございます。」

「おいおい、それは何かの間ちがいだよ。おれはみみずくの病気なんどなおしてやったことはないからな。もっとも狸の子はゆうべ来て楽隊のまねをして行ったがね。ははん。」ゴーシュは呆《あき》れてその子ねずみを見おろしてわらいました。

するとこの野鼠《のねずみ》のお母さんは泣きだしてしまいました。

「ああこの児《こ》はどうせ病気になるならもっと早くなればよかった。さっきまであれ位ごうごうと鳴らしておいでになったのに、病気になるといっしょにぴたっと音がとまってもうあとはいくらおねがいしても鳴らしてくださらないなんて。何てふしあわせな子どもだろう。」

ゴーシュはびっくりして叫《さけ》びました。

「何だと、ぼくがセロを弾けばみみずくや兎の病気がなおると。どういうわけだ。それは。」

野ねずみは眼《め》を片手でこすりこすり云いました。

「はい、ここらのものは病気になるとみんな先生のおうちの床下にはいって療《なお》すのでございます。」

「すると療るのか。」

「はい。からだ中とても血のまわりがよくなって大へんいい気持ちですぐ療る方もあればうちへ帰ってから療る方もあります。」

「ああそうか。おれのセロの音がごうごうひびくと、それがあんまの代りになっておまえたちの病気がなおるというのか。よし。わかったよ。やってやろう。」ゴーシュはちょっとギウギウと糸を合せてそれからいきなりのねずみのこどもをつまんでセロの孔《あな》から中へ入れてしまいました。

「わたしもいっしょについて行きます。どこの病院でもそうですから。」おっかさんの野ねずみはきちがいのようになってセロに飛びつきました。

「おまえさんもはいるかね。」セロ弾きはおっかさんの野ねずみをセロの孔からくぐしてやろうとしましたが顔が半分しかはいりませんでした。

野ねずみはばたばたしながら中のこどもに叫びました。

「おまえそこはいいかい。落ちるときいつも教えるように足をそろえてうまく落ちたかい。」

「いい。うまく落ちた。」こどものねずみはまるで蚊《か》のような小さな声でセロの底で返事しました。

「大丈夫さ。だから泣き声出すなというんだ。」ゴーシュはおっかさんのねずみを下におろしてそれから弓をとって何とかラプソディとかいうものをごうごうがあがあ弾きました。するとおっかさんのねずみはいかにも心配そうにその音の工合《ぐあい》をきいていましたがとうとうこらえ切れなくなったふうで
「もう沢山《たくさん》です。どうか出してやってください。」と云いました。

「なあんだ、これでいいのか。」ゴーシュはセロをまげて孔のところに手をあてて待っていましたら間もなくこどものねずみが出てきました。ゴーシュは、だまってそれをおろしてやりました。見るとすっかり目をつぶってぶるぶるぶるぶるふるえていました。

「どうだったの。いいかい。気分は。」

こどものねずみはすこしもへんじもしないでまだしばらく眼をつぶったまままぶるぶるぶるぶるふるえていましたがにわかに起きあがって走りだした。

「ああよくなったんだ。ありがとうございます。ありがとうございます。」

おっかさんのねずみもいっしょに走っていましたが、まもなくゴーシュの前

に来てしきりにおじぎをしながら
「ありがとうございますありがとうございます」と十ばかり云いました。
ゴーシュは何がなかあいそうになって
「おい、おまえたちはパンはたべるのか。」とききました。
すると野鼠はびっくりしたようにきょろきょろあたりを見まわしてから
「いいえ、もうおパンというものは小麦の粉をこねたりむしたりしてこしらえたものでふくふく膨《ふく》らんでいておいしいものなそうでございますが、そうでなくても私どもはおうちの戸棚《とだな》へなど参ったこともございませんし、ましてこれ位お世話になりながらどうしてそれを運びになんど参れましょう。」
と云いました。
「いや、そのことではないんだ。ただたべるのかときいたんだ。ではたべるんだな。ちょっと待てよ。その腹の悪いこどもへやるからな。」
ゴーシュはセロを床へ置いて戸棚からパンを一つまみむしって野ねずみの前へ置きました。
野ねずみはもうまるでばかのようになって泣いたり笑ったりおじぎをした

りしてから大じそうにそれをくわえてこどもをさきに立てて外へ出て行きました。

四匹目の野ねずみの親子に至ると、ゴーシュの人格は大きな変革を遂げることになる。自分と言う存在が、音楽と言う領域に止まらず、実は病気を治療するという行為にまで及んでいたことを知ったゴーシュは、俄かに前向きになり、野ねずみの子どもを治療するためにセロを弾く。三匹目の狸の子までは、音楽を教えるという範囲に止まったゴーシュの施しも、四匹目にはまさに「開示悟入」の「入」、つまり法華経の真意を得て、最上の境地へと入って行く。野ねずみのこどもの病気を治すことを通じて、ゴーシュは命の尊厳を護るという最高の功徳を積むことになる。

加えてゴーシュは野ねずみの親子にパンを与えるという行動に出る。病気の治療で終わることなく、「食（じき）」を施すのである。これは腹を空かした弱者に対する最善の行為であると共に、施す主体にとって、自身の信仰の深さを測る目安ともなる。ここに至り、かつて猫の舌でマッチを擦り、「印度の虎狩り」で猫をのたうち回らせたゴーシュの傲慢さは鳴りを潜め、真の法華経行者に極めて近い存在としてのゴーシュが現れる。

　これこそ、賢治が求めた究極の理想である。ゴーシュは一見教えを乞う形になっている動物たちに、実は暗黙の裡《うち》に教えられ、法華経行者として一つの頂点へと誘われる。彼を誘ったのは、各動物に姿を借りた菩薩の仕業であると賢治は考えていた。しかし、徒に露骨な仏教説話を描くことは、賢治の作家としての矜持が許さない。その場限りのエモーショナルな叙述が読む者の中でいかに短命であるかを賢治は知っていた。そこで賢治は一歩退いた形で動物たちの振る舞いの裡にそれを封印したのである。

　そして、作品の最終箇所でゴーシュは、信じがたい経験に身を委ねることとなる。以下、その該当箇所を引用する。


　それから六日目の晩でした。金星音楽団の人たちは町の公会堂のホールの裏にある控室《ひかえしつ》へみんなぱっと顔をほてらしてめいめい楽器をもって、ぞろぞろホールの舞台《ぶたい》から引きあげて来ました。首尾よく第六交響曲を仕上げたのです。ホールでは拍手《はくしゅ》の音がまだ嵐のように鳴って居ります。楽長はポケットへ手をつっ込んで拍手なんかどうでもいいというようにのそのそみんなの間を歩きまわっていましたが、じつはどうして嬉《うれ》しさでいっぱいなのでした。みんなはたばこをくわえてマッチをすったり楽器をケースへ入れたりしました。

ホールはまだぱちぱち手が鳴っています。それどころではなくいよいよそれが高くなって何だかこわいような手がつけられないような音になりました。大きな白いリボンを胸につけた司会者がはいって来ました。

「アンコールをやっていますが、何かみじかいものでもきかせてやってくださいませんか。」

すると楽長がきっとなって答えました。「いけませんな。こういう大物のあとへ何を出したってこっちの気の済むようには行くもんでないんです。」

「では楽長さん出て一寸挨拶《ちょっとあいさつ》してください。」

「だめだ。おい、ゴーシュ君、何か出て弾いてやってくれ。」

「わたしがですか。」ゴーシュは呆気《あっけ》にとられました。

「君だ、君だ。」ヴァイオリンの一番の人がいきなり顔をあげて云いました。

「さあ出て行きたまえ。」楽長が云いました。みんなもセロをむりにゴーシュに持たせて扉《と》をあけるといきなり舞台へゴーシュを押《お》し出してしまいました。ゴーシュがその孔のあいたセロをもってじつに困ってしまって舞台へ出るとみんなはそら見ろというように一そうひどく手を叩きました。わあと叫んだものもあるようでした。

「どこまでひとをばかにするんだ。よし見ていろ。印度《インド》の虎狩《とらがり》をひいてやるから。」ゴーシュはすっかり落ちついて舞台のまん中へ出ました。

それからあの猫《ねこ》の来たときのようにまるで怒《おこ》った象のような勢《いきおい》で虎狩りを弾きました。ところが聴衆《ちょうしゅう》はしいんとなって一生けん命聞いています。ゴーシュはどんどん弾きました。猫が切ながってぱちぱち火花を出したところも過ぎました。扉へからだを何べんもぶっつけた所も過ぎました。

曲が終るとゴーシュはもうみんなの方などは見もせずちょうどその猫のようにすばやくセロをもって楽屋へ遁げ込みました。すると楽屋では楽長はじめ仲間がみんな火事にでもあったあとのように眼をじっとしてひっそりとすわり込んでいます。ゴーシュはやぶれかぶれだと思ってみんなの間をさっさとあるいて行って向うの長椅子《ながいす》へどっかりとからだをおろして足を組んですわりました。

するとみんなが一ぺんに顔をこっちへ向けてゴーシュを見ましたがやはりまじめでべつにわらっているようでもありませんでした。

「こんやは変な晩だなあ。」

ゴーシュは思いました。ところが楽長は立って云いました。

「ゴーシュ君、よかったぞお。あんな曲だけれどもここではみんなかなり本気になって聞いてたぞ。一週間か十日の間にずいぶん仕上げたなあ。十日前とくらべたらまるで赤ん坊と兵隊だ。やろうと思えばいつでもやれたんじゃないか、君。」

仲間もみんな立って来て「よかったぜ」とゴーシュに云いました。

「いや、からだが丈夫だからこんなこともできるよ。普通《ふつう》の人なら死んでしまうからな。」楽長が向うで云っていました。

その晩遅《おそ》くゴーシュは自分のうちへ帰って来ました。

そしてまた水をがぶがぶ呑《の》みました。それから窓をあけていつかかっこうの飛んで行ったと思った遠くのそらをながめながら

「ああかっこう。あのときはすまなかったなあ。おれは怒ったんじゃなかったんだ。」と云いました。

ゴーシュが所属する金星音楽団は、楽長の懸念を払拭し、観客の拍手喝采を浴びることになる。そしてその立役者は他ならぬゴーシュである。だが、ゴーシュは『「どこまでひとをばかにするんだ。よし見ていろ。印度の虎狩をひいてやるから」ゴーシュはすっかり落ちついて舞台のまん中へ出ました。』と言う描写からも分かる通り、自分の演奏に自信を持つどころか、半ば「見せしめ」的な立場で自分が指名されたと勘違いし、開き直りの態度を見せながら、ステージに立つ。

そこでゴーシュが選んだのは、猫に聴かせた「印度の虎狩」である。荘厳なクラシックの演奏会に相応しいとは思えない、この品格の良くない曲を選ぶゴーシュの行動からは、日頃から音楽団の中でも蔑まれ、決して前向きになれないでいる、半ば卑屈な人間像が浮かび上がってくる。賢治童話の主人公には、多数の弱

者及び社会の王道を歩けない存在が登場する。例えば、『虔十公園林』の主人公、「虔十」等はその典型である。これは言うまでもなく、賢治の思想の中心の一つであった「デクノボー精神」を背負う者であり、その根底には「不軽菩薩」の存在が垣間見える。乞食等の姿で現世に現われ、心ない人々から杖で叩かれたり、石を投げられたりしても、その衆生が救われることを祈り続ける存在である。

そして、その教えや心映えはやがて衆生に救いをもたらし、「本当の幸い」とは何かを教える。そのような存在を描くことが賢治の理想の中心にあったことは言うまでもない。確かにゴーシュは虔十に比べると明確なデクノボー精神の具現者として描かれているとは言い難いという意見もある。しかし、四匹目の野ねずみの親に教えられた通り、自身が気付かない内に多くの動物の病気を治療した。金星音楽団では一般的な意味での「デクノボー」であるゴーシュは、その拙いと感じていたセロの音色で最上の施しを授けていたのである。この点に重きを置いて考えると、ゴーシュもまた「不軽菩薩」を内に秘めた「賢治流のデクノボー」であると考えることもできる。

四　法華文学創作の理想を求めて

更に読み進めると、作品の最終部分で述べられたゴーシュの心の呟きに出くわす。『「ああかっこう。あのときはすまなかったなあ。おれは怒ったんじゃなかったんだ。」と云いました』と言う箇所である。この箇所については以前から、賢治研究者の中で度々議論がなされてきた。何故、改めてかっこうだけに謝罪するのか。かっこうに謝罪をするのなら、猫にも謝罪すべきではないかと言う見解が度々提出された。

しかし、ここで考えなければならないのは謝罪の根拠ではなく、かっこうという存在の特殊性（独自性）ではないだろうか。つまり、作者が「開示悟入」の「示」に特別な思い入れを抱いたのは何故かという問題が重要なのである。池田大作氏は『池田大作全集一〇四　対談二十一世紀の人権を語る』の中で『「示（じ）」とは、仏がすべての人々に内在する「仏知見」を「示す」ことであります。教師としての仏の智慧と慈悲にふれさせ、それらが衆生自身に厳然（げんぜん）

と在（あ）ることを、「示」し教えるのです』と述べている。この池田氏の言説の中にあるヒントが隠されている。それはいみじくも池田氏が述べる、『教師としての仏の智慧と慈悲にふれさせ、それらが衆生自身に厳然（げんぜん）と在（あ）ることを、「示」し教えるのです』と言う箇所である。

つまり、賢治はかっこうの行動及び言動を通じて、ゴーシュに「教師としての仏の智慧と慈悲」に触れさせることを望んだのである。「開」により、衆生の心が開かれ、「仏知見」が人間の中で目を覚ます。その次の段階は、人間に知恵を与え、生き方の範を示す仏の教師としての営為を人間自身が知り、その経験を深く認識することが必要になると賢治は考えた。その点から見ると、「示」を契機に、「悟」・「入」へと段階が進むことも含めて、「示」を最重要と考えたのではないだろうか。そして、その「示」を背負うかっこうに、他の動物にも増して或る種の思い入れを感じたのかもしれない。「ふっと何だかこれは鳥の方がほんとうのドレミファにはまっているかなという気がしてきました。」と言う箇所にも他の動物には感じなかった感覚が表現されている。

『セロ弾きのゴーシュ』を動物と人間との心の交流を描いた物語だとする読解

は決して間違いではない。また、それを「命の平等性」に基づく仏教説話的側面を持つ物語だとする読解も無論、ある意味で的を射ている。しかし、賢治童話の特徴の一つである、「割り切れなさ」と、それに追従する神秘性や不可思議さを醸す原因・背景にこそ、賢治童話の魅力と意義は潜んでいるとも考えられよう。しかし、ここで再度考えなければならないのは、賢治が自身の作品を「法華文学の創作」のためのものであると位置づけ、その到達目標として法華経の「広宣流布」に置いているという明確な事実である。

確かに、賢治童話を国語科の教材として小中高で教える場合、賢治が用いた独自性が強いレトリックや、言葉そのものが持つ可能性や面白さに着目させることは、賢治童話の第二の生とでも言うべきフィールドを見出す意味からも大変、価値がある。稀有な天才が綴った物語は、様々な鑑賞や理解を読者に呈する。「作品で教える」というコンセプトは、作者の創造の域を超越した読解を生むこともあり、スリリングで興味深い。そうした読解を通じて、国語や文学に目覚めた若者は数知れない。

私自身も中学校時代、魯迅の『故郷』の授業を通じて、文学作品の可能性に目覚めた。また高校時代は、梶井基次郎の『檸檬』を授業で読み、梶井が描く散文詩のような鬱屈とした空気に軽い窒息を覚えたりした。後に学部や大学院で、両作品の批評的分析を行うことにより、真の作品理解に近づけたかのような実感を味わった。この二つの営為は、決してアンチノミー（二律背反）ではなく、むしろ文学作品の、多面体としての存在感を相乗的に向上させるものである。

そして、作者の創作意図が極めて固定的で明確な賢治童話は、それだからこそ難解だとも言えるが、その難解さが読者の好奇心を刺激し、文学作品としての生命に寄り添う形で、国語教材としての幅広い読みの可能性の拡がりを担保するとも考えられる。言わば、賢治童話の生命力は、「作品で教える」と「作品を教える」と言う双方に依存していることにより、その永続性を保持できているのかもしれない。

第四章　宮沢賢治の挑戦

――超現実の陰影を求めて――

宮沢賢治記念館

一　超現実の仕組みと賢治作品

宮沢賢治の作品を超現実主義という視点から捉えたいという考えが無かった訳ではない。それは私が修士論文以来、研究の主体としてきた西脇順三郎と賢治がほぼ同時代の生まれ（西脇が二年年長）であり、本格的に超現実主義の潮流が西脇などによりもたらされたと考えてよい、大正の末から昭和の初めは、賢治が作品を執筆、若しくは加筆修正している時期と重なることにもよる。

賢治には、岩手の民俗にその源を持つ作品も多いが、代表作である『セロ弾きのゴーシュ』『銀河鉄道の夜』『グスコーブドリの伝記』などはそのタイトルから見ても、ヨーロッパの風土や文化を十分に意識したものであり、主人公や登場人物の名前もスペインやフランスを彷彿とさせる。

しかし、これまで、賢治と超現実と言う視点で試みられた論考は少なく、この二つのワードはどちらかと言えば、遠い関係にあるものと考えられて来た経緯がある。それは賢治の作品の多くが、明確な仏教精神的リアリティに貫かれており、一見すると超現実性を帯びにくいと考えられがちだからかもしれない。

　確かに超現実主義は過去の価値観を放擲し、斬新な精神に貫かれた作品の創造を目指すものである。仏教やキリスト教のように、ある意味で固定化し、法則化されたと思われる思想や精神をその作品世界に取り込むことは困難だとも考えられる。勿論、本来仏教もキリスト教も時代の推移に従ってその受容のされ方や、解釈は常に現代性を帯びていなければならない。永劫の真理とは、時代と言う時空を超越した場において、人間を導くものでなくてはならないからである。

　こうした思惟に立脚すれば、永劫の仏教的世界観に貫かれた賢治の作品が、彼が旺盛に創作活動に勤しんだ時代に日本を席巻した、超現実主義の影響を少なからず受けるということは、至極自然な成り行きなのかもしれない。また、最先端のサイエンスと仏教との融合を試みた賢治にとって、当時新主潮であった超現実主義と仏教的世界観との融合、或いは、交差は、彼の守備範囲内の営為だったのかもしれない。

　私は以前から、賢治童話が持つ幻想的な世界観がどこからもたらされているものかが不思議でならなかった。熊と人間とがお互いかなり深い思索をしあったり、唐突に登場した銀河鉄道が、不思議なリアリティを携えながら多くの乗客を運んだりする。或いは銀河に住む住人たちが、地上の人間よりも地上の人間らしく生活する姿に、えも言われぬ神秘と親しみとを感じた。

過日、私は椙山女学園大学の「詩歌創作」の講義で、『シュルレアリスムとは何か』(巖谷國士・メタローグ・一九九六年六月)をテクストに、シュルレアリスムの基本的な定義について講じた。この講義は二〇二二年四月から担当し、前期は「習作」、後期は「発展」と銘打たれており、『シュルレアリスムとは何か』(巖谷國士・メタローグ・一九九六年六月)は後期のテクストとして数回活用している。

フランス語の「シュル(sur)」を日本語で「超」と訳してしまうと、まず「超える」「超脱する」というニュアンスになってしまいがちですが、必ずしもそういう意味とは限りません。「シュル」という接頭語にはいろいろなニュアンスがありますが、何かを超えて離れるという意味とはすこしちがって、たとえば「過剰」とか「強度」を意味する場合もある。ですから「超現実」は現実を超越・超克するだけではなくて、むしろ現実の度合いが強いという意味をふくんでいます。「強度の現実」とか「上位の現実」とか「現実以上の現実」と考えてもいいくらいです。もともと日本語の「超」にも、同じようなニュアンスがあることを思いだしてみてもいいでしょう。

この後、巌谷は滝口修三等の言説などを例に挙げ、「超現実」の「超」とは、「超スピード」「超かわいい」などに用いられる「超」とほぼ同意義だと述べている。つまり、超現実の超とは離脱するとか乖離するという意味ではなく、「あまりにも（過度に・物すごく）」と言う意味だと巌谷は規定する。また巌谷は次のようにも述べている。

ある意味では、現実と「超現実」はつながっていると考えたほうがいいんですね。つまり、度合いのちがいなんじゃないか。たとえば「超スピード」といった場合に、これは猛烈に速いスピードであるわけで、普通のスピードとのあいだには、段階の差しかありません。それとおなじように、われわれが「現実」だと思いこまされているものと「超現実」とのあいだには、度合や段階の差しかなくて、壁だとか柵だとかはない。ある柵をこえてしまったら、その先が「超現実」と呼ばれる別世界ということではない。連続している。この連続性ということをひとつ頭に入れておくと、話がずっとわかりやすくなってくるように思います。

注目すべきは巌谷が現実と超現実との違いを、次元ではなく度合いや段階の差だとしているところだ。そこには壁も柵もない。つまり、現実と超現実との間には差しかない。言い換えれば、現実と超現実とは同一のベクトルを有しながら、連続しているというのが、巌谷の主張である。

私は宮沢賢治を特に意識することなく、「詩歌創作」の講義を進めていた。連続性を分かりやすく説明するために、何か学生にとって比較的身近に思える例はないか。そんな私の脳裡を過ったのは映画『ハリーポッターと賢者の石』に登場する、キングスクロス駅の「九と四分の三番線」だ。ホグワーツ魔法学校に入るために、キングスクロス駅に来たハリーは、入り口が分からず、困惑していたが、偶然、後に親友となるロン一家と出会い、現実と連続性の保たれている幻の番線から魔法使いの世界へと入ってゆく。

表面的なリアリティの世界観から見れば、魔法使いの少年の物語は荒唐無稽と言う誹りを受けかねない。しかし、『ハリーポッターと賢者の石』は見事に、そうした誹りを超え、まさにシュルレアリスムの神髄を表現した作品として、不動の人気を得ている。その理由は幾つかあろうが、先ず考えられるのは、この作品の冒頭でハリーの生い立ちと境遇とが細かい部分まで丹念に描写されていることによる。

これは後に詳述するが、『銀河鉄道の夜（最終稿）』の冒頭にある、ジョバンニの現況が描かれている部分と酷似している。日本の昔話は「貴種流離譚」（「一寸法師」「鉢かつぎ」等）に見られるように、「実はこの主人公は天皇と血縁関係にある男であった」という形で、話の最終部分で明らかになる場合が多い。

しかし、ヨーロッパではアンデルセンの『赤い靴』のように、主人公の境遇（運命）は、先ず赤い靴を媒介にして前半で述べられることも多い。また、シャルル・ペローの『サンドリヨン』(『シンデレラ』)も、主人公の悲しい生い立ちと境遇とが、作品前半で語られる。その効果として、最終部分で主人公が幸福を手に入れるシーンでの感動はより強いものとなっている。

賢治は、童話や昔話の中で重要な構成要素となる、フォークロアを作品の背景に据えたり、また、伝説が持つドメスティックな力を自身の作品のディテールに巧みに配置した。しかし、作品の構成については、多くの研究者が指摘するように、イソップ・グリム等の影響を受けていると考えることもできる。

いずれにせよ、『ハリーポッターと賢者の石』は主人公ハリーについて語られることにより、作品自体が、現実世界におけるリアリティを十分に獲得している。その上で、半ばその現実から抜け出すために、ハリーが運命に導かれるというストーリーに護られながら、現実に十分止揚した後、魔法使いの住む、超現実的な世界へと歩を進めている。次の箇所などはその典型であろう。

「我々の世界のことだよ。つまり、おまえさんの世界だ。俺の世界。おまえさんの両親の世界のことだ」

「何の世界？」

ハグリッドはいまや爆発寸前の形相だ。

「ダーズリー！」

ドッカーンときた。

（中略）

「じゃが、おまえさんの父さんと母さんのことは知っとるだろうな。ご両親は有名なんだ。おまえさんも有名なんだよ」

「えっ、僕の……父さんと母さんが有名だったなんて、ほんとに？」

「知らんのか……おまえは、知らんか……」

ハグリッドは髪をかきむしり、当惑したまなざしでハリーを見つめた。

「おまえさんは、自分が何者なのか知らんのだな？」

（中略）

「やめろ絶対言うな！」

おじさんはあわてふためいて叫び、ペチュニアおばさんは、恐怖でひきつった声を上げた。

「二人とも勝手にわめいていろ。ハリーおまえは魔法使いだ」

（中略）

「しかも、訓練さえ受けりゃ、そんじょそこらの魔法使いよりすごくなる。なんせ、ああいう父さんと母さんの子だ。おまえは魔法使いに決まっちょる。そうじゃねえか？　さて手紙を読む時が来たようだ。」

（中略）

「あやつが目をつけた者で生き残ったのは一人もいない……おまえさん以外はな。」


（J・K・ローリング・松岡佑子訳『ハリーポッターと賢者の石Ⅰ‐Ⅰ』ペガサス文庫・静山社・一九九九年）

これはほんの一部の抜粋にすぎない。ハリーの生い立ちと運命はハグリッドにより詳らかに語られ、彼は自分が選ばれた（かなり危険な宿命を持つ）魔法使いであることを知る。そして、何者かに導かれるように魔法学校へ入学し、「現実

A」とそれをもとにした「超現実Aダッシュ」を行き来する。『ハリーポッター』が荒唐無稽な夢物語に止まらず、童話の域をも逸脱しようとする背景にはこのような現実を踏まえた上での超現実（幻想）が丹念に描かれているからであろう。『銀河鉄道の夜』の冒頭に書き加えられたジョバンニの生い立ちと家庭状況、そしてカンパネルラの忸怩《じくじ》たる想い、また、ザネリによるいじめの様子は、やがて語られる銀河での超現実をより際立たせ、現実とのパラレルな繋がりのために必須であったことは言うまでもなかろう。

二　ユーモアと超現実

次に、賢治作品を際立たせる要因のひとつとして大切なものはユーモアである。それは時にはシリアスな場面で用いられ、また時には登場人物の描写等で用いられる。その象徴的な箇所を『どんぐりと山猫』の中から挙げてみることにする。

「それから、はがきの文句ですが、これからは、用事これありに付き、明日出頭すべしと書いてどうでしょう。」

一郎はわらって言いました。

「さあ、なんだか変ですね。そいつだけはやめた方がいいでしょう。」

山猫は、どうも言いようがまずかった、いかにも残念だというふうに、しばらくひげをひねったまま、下を向いていましたが、やっとあきらめて言いました。

「それでは、文句はいままでのとおりにしましょう。そこで今日のお礼ですが、あなたは黄金のどんぐり一升と、塩鮭のあたまと、どっちをおすきですか。」

「黄金のどんぐりがすきです。」

山猫は、鮭の頭でなくて、まあよかったというように、口早に馬車別当に云いました。


（『注文の多い料理店』新潮文庫・一九九五年五月一〇日）

どんぐりたちの裁判で功を成した一郎に対し、「出頭すべし」と言うメッセージを送ろうとする山猫は、恰も「裸の王様」のような存在として描かれている。また山猫に仕える馬車別当も、正直で誠実だが、己の能力を知ることができない愚直な存在として描かれている。山猫は少年ながらにして極めて高い言語能力と判断力とを兼ね備えた金田一郎とは、好対照の人格であると同時に、愚かだと切り捨てるには惜しい性質を備えた存在として、作品に深みと奥行きとを付与することに一役買ってもいる。そのあたりのエクリチュールの妙を支えるのが、賢治特有のユーモアであろう。

また、山猫は社会的な認識の誤りだけでなく、好物の塩鮭を奪われたくないばかりに、「黄金のどんぐり一升」を与えようと望む、ペーソス溢れる存在としても描かれている。このどんぐりは一郎が、現実世界に戻ってきた途端、普通のどんぐりに変化する。その根拠は明らかではないが、それが山猫が企てた策略だとしたら、山猫はなかなか狡猾な一面を有する存在であると同時に、あまりに人間的すぎる一面をも持ち合わせる存在として、益々作品世界での異彩を極めることとなる。

さて、こうしたユーモアを描写することは、先ほど述べたように作品に深みと奥行きとを付与することの他、どのような効果があるのだろうか。賢治作品におけるユーモアの意味とでも言うべき視点で、作品を概観して感じるのは、ユーモアを背景にして登場人物を描くことにより、その存在のリアリティが増すということがありはしないかと言うことだ。

言い換えれば、ユーモアを表現することにより、その人物が現実世界に自然と存在することの免罪符をかなり印象的なものとして手に入れられるということである。この免罪符を、本来現実には存在しない者が手に入れた時、その効果はより強くなる。後に詳述する『銀河鉄道の夜』に登場する「鳥捕りの男」や「灯台看守」などはそのよい例であろう。そして、この人物は「AからAダッシュ」という移行をスムーズにさせる装置としても有効だ。

思えば、人間におけるユーモアの存在意義は、他者に対する明確な印象を与えることではないだろうか。シェイクスピアにおけるユーモアを探れば、自ずとそれは証明できよう。

例えば『真夏の夜の夢』に登場する者の多くはユーモアに満ち、そのユーモア故に恰もこの世に存在するのではないかとの誤解を読む者に生じさせ、それが抜き差しならないリアリティを醸すことにより、見事に「AからAダッシュ」への移行を成功させている。殊に妖精の女王ティターニア（Titania）の気高さ故の傲慢さは「人間味」に溢れている。現実の人間に一度止揚し、その印象の残存のほう助を得ながら、幻想の存在を描くシェイクスピアの筆力には改めて驚愕させられる。

また、日本の小説を例に挙げ、現実を基調とした超現実の成功例とユーモアの重要性を説くためには、芥川龍之介の『煙草と悪魔』が相応しいかもしれない。一九一六年（大正五年）に発表されたこの作品は、フランシスコ・ザビエルに従うイルマンに化けて日本へ渡った悪魔が、牛商人との賭けに負けるものの、結局は煙草を日本中に広めることには成功したという内容である。ここで芥川が描く悪魔はまさに人間を基調としたリアルな存在として見事にその存在感を誇示している。

煙草は、悪魔がどこからか持つて来たのださうである。さうして、その悪魔なるものは、天主教の伴天連《ばてれん》か（恐らくは、フランシス上人《しょうにん》）がはるばる日本へつれて来たのださうである。

かう云ふと、切支丹《きりしたん》宗門の信者は、彼等のパアテルを誣《し》ひるものとして、自分を咎《とが》めようとするかも知れない。が、自分に云はせると、これはどうも、事実らしく思はれる。何故と云へば、南蛮の神が渡来すると同時に、南蛮の悪魔が渡来すると云ふ事は――西洋の善が輸入されると同時に、西洋の悪が輸入されると云ふ事は、至極、当然な事だからである。

（『現代日本文学大系・四十三・芥川龍之介集』筑摩書房・一九六八年八月二五日）

芥川の外連味《けれんみ》のない物言いと、箴言に近い文章の挿入とにより、悪魔を主人公としたこの奇想天外な物語は「小説」へと一気に昇華する。史実を上手く用いながら、芥川は悪魔が実在したかのように描こうと努める。この奇想天外な話に、何故読者はリアリティを感じるのだろうか。その理由は二つある。一つは芥川がフランシスコ・ザビエルという実在の人物の存在を借りて、小説の空間を構築しようとしていることである。これは稀代の歴史小説家が度々用いた手法である。しかし、歴史と言う動かし難い過去を背景に、登場人物に作家なりの解釈を加えて叙述するという方法は、比較的容易にリアリティを生むが、歴史に引きずられ、必要以上に史実に忠実であろうとすると、そこにある陥穽に陥ることにもなりかねない。

私は現在、ある都道府県が主宰する文学賞の小説・紀行文部門の審査を担当している。毎年、かなりの数の歴史小説の応募がある。しかし、残念ながらその多くは、「歴史其の儘」というより、史実に寄り添う形でのエクリチュールが多く、歴史と言う枠組みから、登場人物を救い出せないでいる。

更に芥川自身が「自分に云はせると、これはどうも、事実らしく思はれる」と断言する背景には、多分に箴言めいた物言いが存在する。このように、あり得ないことを現実だと思わせる時の効果的な手法として、時代を超越した形で存在するマニュフェストめいた叙述も効果的である。賢治作品に屡々用いられている、時代を超越した生命観や倫理観に言及した物言いもまた、ともすればファンタジーとも評される幻想的な作品空間に、抜き差しならないリアリティを与えている。次に二つ目は芥川が悪魔のディテールをユーモアを加えながら描いていることである。

彼は、一度この梵鐘《ぼんしょう》の音を聞くと、聖保羅《さんぽおろ》の寺の鐘を聞いたよりも、一層、不快さうに、顔をしかめて、むしやうに畑を打ち始めた。何故かと云ふと、このののんびりした鐘の音を聞いて、この曖々《あいあい》たる日光に浴してゐると、不思議に、心がゆるんで来る。善をしようと云ふ気にもならないと同時に、悪を行はうと云ふ気にもならずにしまふ。これでは、折角、海を渡つて、日本人を誘惑に来た甲斐《かひ》がない。――掌《てのひら》に肉豆《まめ》がないので、イワンの妹に叱られた程、労働の嫌な悪魔が、こんなに精を出して、鍬を使ふ気になつたのは、全く、このややもすれば、体にはひかかる道徳的の眠けを払はうとして、一生懸命になつたせゐである。

（中略）

伊留満は、これを聞くと、小さな眼を輝かせて、二三度、満足さうに、鼻

を鳴らした。それから、左手を腰にあてて、少し反《そ》り身になりながら、右手で紫の花にさはつて見て、

——では、あたらなかつたら——あなたの体と魂とを、貰ひますよ。

かう云つて、紅毛は、大きく右の手をまはしながら、帽子をぬいだ。もぢゃもぢゃした髪の毛の中には、山羊《やぎ》のやうな角が二本、はえてゐる。牛商人は、思はず顔の色を変へて、持つてゐた笠を、地に落した。日のかげつたせゐであらう、畑の花や葉が、一時に、あざやかな光を失つた。牛さへ、何におびえたのか、角を低くしながら、地鳴りのやうな声で、唸つてゐる。……

——私にした約束でも、約束は、約束ですよ。私が名を云へないものを指して、あなたは、誓つたでせう。忘れてはいけません。期限は、三日ですから。では、さやうなら。

人を莫迦《ばか》にしたやうな、慇懃《いんぎん》な調子で、かう云ひながら、悪魔は、わざと、牛商人に丁寧なおじぎをした。

引用前半部分では、本来怠け者の悪魔が改心し、イエスとキリスト教徒がいな

い日本で、怠惰になりがちな自分を律し、悪魔の本懐を遂げようとする姿がユーモラスに描かれている。特に、「道徳的の眼けを払う」という表現には極地のユーモアを感じる。アナトール・フランスの影響を受けた芥川が、ユーモアを追求したことは多くの研究者が指摘するところであるが、『煙草と悪魔』ではそれが見事に芥川のエクリチュールの中に有機的に生かされている。

つまり、箴言とは時代を超越する本質を秘めた言葉であり、或る種の永劫性を補償するものである。芥川の場合は旧約聖書等にその根源を見出すことができるが、賢治の場合はその根源を訪ねると、やはり仏教に行き当たる。

歴史的事実（A）というものを土台にし、ユーモアを推進力としながら超現実（Aダッシュ）を語るという芥川の手法は賢治作品にもしばしば見られる。次に『銀河鉄道の夜』をテクストに叙述したい。

三　『銀河鉄道の夜』解題Ⅰ――賢治と超現実――

「ではみなさんは、そういうふうに川だと云《い》われたり、乳の流れたあとだと云われたりしていた、このぼんやりと白いものがほんとうは何かご承知ですか。」先生は、黒板に吊《つる》した大きな黒い星座の図の、上から下へ白くけぶった銀河帯のようなところを指《さ》しながら、みんなに問《とい》をかけました。（中略）「大きな望遠鏡で銀河をよっく調べると銀河はだいたい何でしょう」やっぱり星だとジョバンニは思いましたが、こんどもすぐに答えることができませんでした。先生はしばらく困ったようすでしたが、眼《め》をカムパネルラの方へ向けて、「ではカムパネルラさん。」と名指しました。
　するとあんなに元気に手をあげたカムパネルラが、やはりもじもじ立ち上ったままやはり答えができませんでした。先生は意外なようにしばらくじっとカムパネルラを見ていましたが、急いで「では、よし」と云いながら、自分で星図を指しました。「このぼんやりと白い銀河を大きないい望遠鏡で見ますと、もうたくさんの小さな星に見えるのです。ジョバンニさんそうでしょう。」

（『新編　銀河鉄道の夜』新潮文庫・二〇二三年七月・八一刷、『銀河鉄道の

夜』の引用はすべて同書より）

義務教育と思しき教室の場面から『銀河鉄道の夜』は始まっている。だが、じつはこの冒頭の箇所は第三次原稿（旧版）の段階では存在せず、現存する中での最終稿となる第四次原稿（新版）に改稿する際、新たに書き加えられたものである。この追加は主人公ジョバンニの生い立ちや境遇、そして学校内での立場などを鮮明にするために行われたという説が定説になっている。それらは、延《ひ》いてはジョバンニが銀河鉄道に乗り、死者であるカンパネルラと共に、「コールサック」（石炭袋）の間近まで旅をする根拠をも含んだ重要な伏線でもある。

自信がなく、クラスの仲間からも外れている立場のジョバンニは気後れしたのか、先生の質問にも答えられないでいる。それを看破したカンパネルラは自分も答えようとせず黙ってしまう。恐らくは日頃、クラスの中でも虐められがちなジョバンニを救うことが出来ずにいる罪悪感を少しでも埋めるため、カンパネルラはジョバンニの行動に追従したのであろう。このようなカンパネルラ自身の中に蓄積されていった罪悪感が、物語結末で語られるような悲劇を引き起こしたのかもしれない。いずれにせよ、賢治が第四次原稿でわざわざ書き足した箇所には物語を分析・理解する上で極めて重要なファクターを有することは確かである。そうして二人は午後の授業という現実世界を経て、銀河を鉄道で旅し、様々な人々と出会うという言わば、超現実の旅の世界へと誘われるのである。

さて、ここで注目したいのは、二人の銀河の旅という超現実が、二人が暮らしている現実の世界との確かな連続性で繋がっているということである。例えばカンパネルラはいじめっ子のザネリを川から救い出すために、水に飛込み、何とか救出したものの、あろうことか自らの命を失ってしまう。言わば、「自己犠牲」という賢治文学においては命題的な理想を遂行する形で、カンパネルラは死ぬ。言い換えれば、カンパネルラは現実世界でザネリを助け、その事象と連続する形(方法)で、超現実の世界へ入り込む。

カンパネルラが無上道の入口と思われる地点まで、ジョバンニと共に行くことができたのは、彼が払った「自己犠牲」に対する或る種の報償なのかもしれない。加えて、生前は仲良くいたいと密かに願っていたジョバンニに本当の想いを届けるため、カンパネルラは彼を銀河の旅へと誘ったとも考えられよう。

つまり二人が入り込んだ銀河鉄道及びそれを取りまく世界は、現実を「A」とすれば、決して「B」（別世界・異次元）ではない。あくまでも「Aダッシュ」（「A」と因果関係にある世界）なのである。

また、「場所」という次元においても、二人の移動は、現実から超現実の世界へという巌谷の提示した公式に当てはめることができる。この点については以下の箇所において具体化されている。


川上の方を見ると、すすきのいっぱいにはえている崖《がけ》の下に、白い岩が、まるで運動場のように平に川に沿って出ているのでした。そこに小さな五、六人の人かげが、何か掘《ほ》り出すか埋めるかしているらしく、立ったりかがんだり、時々なにかの道具が、ピカッと光ったりしました。

「行ってみよう。」二人は、まるで一度に叫んで、そっちの方へ走りました。その白い岩になった処《ところ》の入口に、〔プリオシン海岸〕という、瀬戸物《せともの》のつるつるした標札が立って、向うの渚には、ところどころ、細い鉄の欄干《らんかん》も植えられ、木製のきれいなベンチも置いてありました。

イギリス海岸

「おや、変なものがあるよ」カムパネルラが、不思議そうに立ちどまって、岩から黒い細長いさきのとがったくるみの実のようなものをひろいました。

「くるみの実だよ。そら、沢山《たくさん》ある。流れて来たんじゃない。岩の中にはいってるんだ。」

「大きいね、このくるみ、倍あるね。こいつはすこしもいたんでない。」

「早くあすこへ行って見よう。きっと何か掘ってるから。」


この場面に登場する「プリオシン海岸」からは花巻に実在する「イギリス海岸」を想起することができる。「イギリス海岸」は北上川の河原で、丁度その泥岩が露出する景観が、ドーバー海峡のそれと似ていることから、「イギリス海岸」と賢治が名付けた。この北上川西岸の泥岩からは、「バダグルミ」や「ボス」（牛の先祖とされるボスプリミゲニウス）の化石が見つかっている。物語の中で、二人が発見するくるみの化石が大きいことから、それが「バダグルミ」の化石であることは容易に想像できる。

つまり、賢治は自身が花巻農学校時代、生徒を連れて行った「イギリス海岸」を物語の中で「プリオシン海岸」として蘇生させている。無論これは「B」ではなく、実在するイギリス海岸を母胎としているので、「Aダッシュ」として捉えてよい。

作者である賢治が実際に体験した「イギリス海岸」の風景を基本とし、加えて農学校教師時代の授業をベースにしたと考えられるこの個所は、物語全体を貫くエクリチュールの方向性を示唆している点からも興味深い箇所である。

銀河に存在するプリオシン海岸もまた、巌谷の理論によるところの別世界ではなく、現実からスライドした次元にある超現実の空間に存在する。

また、「学者」が登場するシーンは恰も、農学校の生徒を引率した際の賢治という「現実」をもとにした「超現実」が表現されている個所として名高い。しかし、史実に基づけば、「学者」は東北帝国大学助教授の早坂一郎で、「三人の助手らしい人たち」の一人が賢治であると考えるべきかもしれない。

だんだん近づいて見ると、一人のせいの高い、ひどい近眼鏡をかけ、長靴《ながぐつ》をはいた学者らしい人が、手帳に何かせわしそうに書きつけながら、鶴嘴《つるはし》をふりあげたり、スコップをつかったりしている、三人の助手らしい人たちに夢中《むちゅう》でいろいろ指図をしていました。

「そこのその突起《とっき》を壊《こわ》さないように、スコップを使いたまえ、スコップを。おっと、も少し遠くから掘って。いけない、いけない、なぜそんな乱暴をするんだ。」（中略）

「君たちは参観かね」その大学士らしい人が、眼鏡《めがね》をきらっとさせて、こっちを見て話しかけました。

「くるみがたくさんあったろう。それはまあ、ざっと百二十万年ぐらい前のくるみだよ。ごく新らしい方さ。ここは百二十万年前、第三紀のあとのころは海岸でね、この下からは貝がらも出る。いま川の流れているところに、そっくり塩水が寄せたり引いたりもしていたのだ。このけものかね、これはボスといってね、おいおい、そこ、つるはしはよしたまえ。ていねいに鑿《のみ》でやってくれたまえ。ボスといってね、いまの牛の先祖で、昔《むかし》はたくさんいたのさ。」

「学者」（大学士らしい人）がくるみやボスを語る姿からは、早坂一郎の姿に重ねた形で、賢治の農学校教師時代の姿が想起される。この個所は、生徒に「イギリス海岸」の謂れを語ったり、生徒が次々に見せる石を、見事に解説した時の賢治の様子が重なって見えてくるようなシーンでもある。

高等農林に残り、研究者になるように勧められた賢治は、家業を継ぐことに拘《こだわ》る父に遠慮して、この話を受けられなかった。その折の賢治の無念さと後悔が、無意識に働き、有名な研究者である早坂一郎と自分とを重ね合わせるという方向に向かわせたのかも知れないと考えるのは、想像の域を出ないことであろう。しかし、この箇所を何度も読むうち、私自身がそのような感覚に襲われたことは紛れもない事実でもある。

次に「学者」が発掘の理由を語る場面は、巌谷の説くシュールレアリスムの基本的構築の世界が如実に現れる。この「学者」の言葉は賢治における超現実に近い精神の発露であると考えられはしないだろうか。


「標本にするんですか。」

「いや、証明するに要るんだ。ぼくらからみると、ここは厚い立派な地層で、百二十万年ぐらい前にできたという証拠《しょうこ》もいろいろあがるけれども、ぼくらとちがったやつからみてもやっぱりこんな地層に見えるかどうか、あるいは風か水やがらんとした空かに見えやしないかということなのだ。わかったかい。けれども、おいおい、そこもスコップではいけない。そのすぐ下に肋骨《ろっこつ》が埋もれてる筈《はず》じゃないか。」

大学士はあわてて走って行きました。

「もう時間だよ。行こう。」カムパネルラが地図と腕時計《うでどけい》とをくらべながら云いました。

「ああ、ではわたくしどもは失礼いたします。」ジョバンニは、ていねいに大学士におじぎしました。

「そうですか。いや、さよなら」大学士は、また忙《いそ》がしそうに、あちこち歩きまわって監督《かんとく》をはじめました。

二人は、その白い岩の上を、一生けん命汽車におくれないように走りました。そしてほんとうに、風のように走れたのです。息も切れず膝《ひざ》もあつくなりませんでした。

こんなにしてかけるなら、もう世界じゅうだってかけれると、ジョバンニは思いました。

そして二人は、前のあの河原を通り、改札口の電燈がだんだん大きくなって、まもなく二人は、もとの車室の席に座《すわ》っていま行って来た方を、窓から見ていました。

ここで言う「ぼくら」と「ぼくらとちがったやつ」とは、現実に地上で生活する人間と銀河で生活する人間のことを指す。また、学者が「ぼくら」と呼ぶ存在

イギリス海岸案内板

は、物語のプロットと構造から類推すると、「ぼくらとちがったやつ」（地上に住む現実の人間）を基盤として形成されている存在とも言える。一種の「並行時空」とも言える位相を持つ銀河の住人の世界は、地球上で現実に生きる「A」と言う存在から見ると、決して異質の「B」ではなく、「A」のファクターを十分に内包した「Aダッシュ」という存在である。

そして、銀河の法則に翻弄されつつも、その世界観を決して否定することのない、ジョバンニとカンパネルラは、学者に対しても一定の安堵感を含んだ対応を見せている。これは二人の心をよぎった既視感の賜物かも知れない。現実の世界でかつて経験したことがあるという無意識の世界における確認の上で、二人の少年はいともたやすく、ある意味で得体のしれない銀河生活者と心の交流が計れたのかもしれない。

逆に学者が初対面の二人に対して、自分の仕事の真の目的を語るシーンは、意外なほど滑らかで、外連味のない率直さに溢れていると言えなくもない。そこには、お互いがどこかでかつて会ったことがあるような空気感が漂っている。

銀河生活者と二人の少年は、かつて遠い過去の時空で会っていたのではないかと言う観念の背景には、「輪廻」及び「因果」と言う思惟の存在を感じ取ることができる。そして、やがて物語の中枢部分に登場する「ジョバンニの切符」に記されていた「十ばかりの不思議な文字」のことを考え併せると、そこには法華経に説かれた宇宙観（死生観）の存在を見て取ることができる。

四　『銀河鉄道の夜』解題Ⅱ――鳥を捕る男――

また視点を変えると賢治は、この少年二人に、延長線上で繋がる現実（「A」）

から超現実（「Aダッシュ」）への旅をさせることにより、意識するしないに関わらず、賢治流の超現実めいたものを体現させたのかもしれない。

無論、西脇順三郎をはじめとする詩人たちに根付いていた「超現実主義的理論」は賢治には存在しないだろう。だが、『銀河鉄道の夜』最終稿が手直しされたと考えてよい昭和初年という時代の中で、賢治もまた巌谷の説く、超現実主義という方程式（「A」→「Aダッシュ」）を無自覚的に取り入れていた。文学が時代の産物であるという基本に立ち返れば、それはある意味で至極当然のことかもしれない。

現実と言う磁場で止揚を果たした物語の流れは、単なる三次元的なファンタジーの領域を離れ、「幻想第四次空間」を疾駆する銀河鉄道の動輪のエネルギーを借り、さらに地上の現実との繋がりを保ちながら旅を進めて行く。次のような人物との出会いもまた、既視感という感覚を読む者に感じさせるものではないだろうか。

「あなたはどこへ行くんです」カムパネルラが、いきなり、喧嘩《けんか》のようにたずねましたので、ジョバンニは思わずわらいました。すると、向うの席にいた、とがった帽子をかぶり、大きな鍵《かぎ》を腰《こし》に下げた人も、ちらっとこっちを見てわらいましたので、カムパネルラも、つい顔を赤くして笑いだしてしまいました。ところがその人は別に怒《おこ》ったでもなく、頬をぴくぴくしながら返事をしました。

「わっしはすぐそこで降ります。わっしは、鳥をつかまえる商売でね。」

「何鳥ですか。」

「鶴や雁《がん》です。さぎも白鳥もです。」

「鶴はたくさんいますか。」

「いますとも、さっきから鳴いてまさあ。聞かなかったのですか。」

「いいえ。」

「いまでも聞こえるじゃありませんか。そら、耳をすまして聴いてごらんなさい。」

二人は眼《め》を挙げ、耳をすましました。ごとごと鳴る汽車のひびきと、すすきの風との間から、ころんころんと水の湧《わ》くような音が聞こえて来るのでした。

「鶴、どうしてとるんですか。」

「鶴ですか、それとも鷺《さぎ》ですか。」

「鷺です。」ジョバンニは、どっちでもいいと思いながら答えました。

「そいつはな、雑作《ぞうさ》ない。さぎというものは、みんな天の川の砂が凝《こご》って、ぼおっとできるもんですからね、そして始終川へ帰りますからね、川原で待っていて、鷺がみんな、脚《あし》をこういうふうにしておりてくるとこを、そいつが地べたへつくかつかないうちに、ぴたっと押《おさ》えちまうんです。するともう鷺は、かたまって安心して死んじまいます。あとはもう、わかり切ってまさあ。押し葉にするだけです。」

「鷺を押し葉にするんですか。標本ですか。」

「標本じゃありません。みんなたべるじゃありませんか。」

花巻郊外の畑にでもいそうな男と二人の会話は、男の無警戒な応答とも相俟《あいま》って、不思議なほどテンポよく続く。鳥を捕って商売にするこの男からは、『なめとこ山の熊』の小十郎が持つ、誠実さは感じられない。だが、人がしたくないと考えているような仕事を生業にしながら、ある種の諦念を抱きながら、生きているという点においては同一部分があるのかもしれない。そのように感じられる男だが、「あとはもう、わかり切ってますさあ。押し葉にするだけです」という会話を境に、二人の反応は一変する。それは二人が地上（現実）では経験し得なかったこの男の仕事内容に起因する。

そして、「標本じゃありません。みんなたべるじゃありませんか」という男の決定的な表白により、二人の疑義と不審感は一気に募る。鷺を食べるという或る種残酷で、快さを感じない男の言葉に二人は驚愕する。

「おかしいねえ」カムパネルラが首をかしげました。

「おかしいも不審《ふしん》もありませんや。そら」その男は立って、網棚から包をおろして、手ばやくくるくると解きました。

「さあ、ごらんなさい。いまとって来たばかりです。」

「ほんとうに鷺だねえ。」二人は思わず叫《さけ》びました。まっ白な、あのさっきの北の十字架《じゅうじか》のように光る鷺のからだが、十ばかり、少しひらべったくなって、黒い脚をちぢめて、浮彫のようにならんでいたのです。

「眼をつぶってるね。」カムパネルラは、指でそっと、鷺の三日月がたの白い瞑《つぶ》った眼にさわりました。頭の上の槍《やり》のような白い毛もちゃんとついていました。

「ね、そうでしょう。」鳥捕りは風呂敷《ふろしき》を重ねて、またくるくると包んで紐でくくりました。誰がいったいここらで鷺なんぞ喰《た》べるだろうとジョバンニは思いながら訊きました。

「鷺はおいしいんですか。」

「ええ、毎日注文があります。しかし雁《がん》の方が、もっと売れます。雁の方がずっと柄《がら》がいいし、第一手数がありませんからな。そら」鳥捕りは、また別の方の包みを解きました。すると黄と青じろとまだらになって、なにかのあかりのようにひかる雁が、ちょうどさっきの鷺のように、くちばしをそろえて、少し扁《ひら》べったくなって、ならんでいました。

こうして男の言葉に導かれながら、二人は少年ならではの好奇心も手伝い、男の語る未知の領域に入って行く。「鷺はおいしいんですか」と言うジョバンニの問いは、男と少年二人との垣根を崩し、二人は巧みな男の誘導に乗りながら、遂に鷺を食べるという行為に達する。

そして、この行為により導かれる世界が持つ独特の世界観こそが、実は賢治童話の魅力であると共に、巌谷が説く、現実と超現実との間に存在する「程度の差」であるのかもしれない。つまり、「鳥を食べる」と言う現実を踏まえた上で、「雁を食べる」という次元への侵入という行為に、巌谷の説く「現実→超現実」の内実が含まれている。

「こっちはすぐ喰べられます。どうです、少しおあがりなさい。」鳥捕りは、黄いろな雁の足を、軽くひっぱりました。するとそれは、チョコレートででもできているように、すっときれいにはなれました。

「どうです。すこしたべてごらんなさい。」鳥捕りは、それを二つにちぎってわたしました。ジョバンニは、ちょっとたべてみて、

（なんだ、やっぱりこいつはお菓子《かし》だ。チョコレートよりも、もっとおいしいけれども、こんな雁が飛んでいるもんか。この男は、どこかそこらの野原の菓子屋だ。けれどもぼくは、このひとをばかにしながら、この人のお菓子をたべているのは、たいへん気の毒だ。）とおもいながら、やっぱりぽくぽくそれをたべていました。

「も少しおあがりなさい。」鳥捕りがまた包みを出しました。ジョバンニは、もっとたべたかったのですけれども、

「ええ、ありがとう」といって遠慮《えんりょ》しましたら、鳥捕りは、こんどは向うの席の、鍵《かぎ》をもった人に出しました。

このように「雁を食べる」と言う禁忌とでも言うべき行為の果てに、二人が放つ「なんだ、やっぱりこいつはお菓子だ。チョコレートよりも、もっとおいしいけれども、こんな雁が飛んでいるもんか。この男は、どこかそこらの野原の菓子屋だ。」は、読者としてはやや拍子抜けの台詞でもあるが、既に超現実の次元に入り込んだ二人の言葉を額面通りに受け取ることはできない。ここで言う「お菓

子」とは何か。若しくは何を象徴する言葉だろうか。
この点について、米地文夫は「銀河鉄道の「鳥捕り」狐説からみた宮沢賢治の重層的世界」（岩手県立大学『総合政策』第一〇巻第一号・二〇〇八年）において次の様に述べている。

ジョバンニは逆に「野原の菓子屋」が鳥だといって実は菓子を売っているのだろう、と考える。カムパネルラも「こいつは鳥ぢゃない。たゞのお菓子でせう。」と尋ねると、「鳥捕り」は「なにか大へんあわてた風で、「さうさう、ここで降りなけぁ』と云ひ…」、実は図星だったので「慌てて降り、そのあと実際に窓の外で「鳥捕り」は鷺を捕る光景を見せる。彼「鳥捕り」は、鳥を菓子に化けさせたのではなく、お菓子の鳥が空から降りるのを見せたのである。菓子を鳥に化けさせてみせたのである。同じく野原での話であってでも、民話の狐の野原の饅頭と同じではない。「雪渡り」の仔狐たちが人間の子どもに、本物の黍団子を馳走するように、「鳥捕り」も本物のお菓子をジョバンニたちに食べさせる。賢治の「幻想の世界」の野原の上空にはお菓子の鳥が飛んでいるのである。

『雪渡り』の仔狐たちを用いた米地の指摘は実に興味深い。だがこの言説は「鳥捕り＝親分狐」という前提に基づいたものである。米地は同論文において、「鳥捕り＝親分狐」とする根拠について次のように述べている。

「鳥捕り」は車内から不思議なことに列車の外に瞬間的に移動し、舞い降りる鷺を捕らえて布の袋に入れる。そして「鳥捕りは二十疋ばかり、袋に入れてしまふと、急に両手をあけて、兵隊が鉄砲弾にあたって、死ぬときのやうな形をしました。と思ったら、もうそこに鳥捕りの形はなくなって…」云々という奇妙な記述があり、その直後に再び列車の車内に「鳥捕り」が出現する。

この兵隊と鉄砲弾のくだりは、不思議かつ意外な表現である、として研究者が問題にすることはあったが、なぜ、このような姿勢をとったかについては、解明されていなかった。私はこの描写は近代の花巻に生まれた怪談と関わっていると推定した。その新怪談の主役は、北上市と花巻市とにまたがっていた後藤野一帯、すなわち現在の後藤工業団地付近に棲んでいて、この地方の狐たちを仕切っていた親分狐である。（中略）
盛岡に住んでいた橘不染がこの後藤野の親分狐のことを聞き知っていたほどであるから、後藤野から清水野へと続く台地の縁辺近くに建った花巻農学校の教師で、民話を作品化していた賢治ならば、おそらく地元のこの種の狐だてという蜃気楼の話や、親分狐の兵隊への祟りの話を聞いていたであろうと考えられるのである。

兵隊と鉄砲という用語に加えて、「死ぬときのやうな形」という比喩に着目した米地は、鳥捕りが北上市と花巻市の境にある後藤野地区に住んでいた、親分狐が転生した姿であると比定する。また、米地はそのように比定するに至った最大の根拠として、騎兵隊の練兵場となった当地で起きた、「兵隊による親分狐狙撃事件」という史実を挙げている。
所謂、「都市伝説」とも読み取れる「親分狐狙撃事件」にどれほどの信憑性があるかは疑わしい。しかし、ここで大切なのは「親分狐狙撃事件」の信憑性ではなく、このような話を賢治が自身の童話の中で蘇生させたのではないかという点であろう。確かに、賢治童話には『ざしき童子のはなし』や、『とっこべとら子』のように、明らかに花巻付近に伝わる民話・伝説を素材としたものが存在する。米地もこの事実を借りて「親分狐狙撃事件」をもとに賢治が鳥捕りを作品に登場させる蓋然性《がいぜんせい》について言及している。米地が指摘するように、賢治が「親分狐狙撃事件」の舞台である後藤野に隣接した場所にあった、稗貫農学校に勤務していたという事実もまた、賢治の「親分狐狙撃事件」への親近感を説明する素材となるだろう。そして米地の指摘は次のような仮説を生み出す。

「鳥捕り」は、この親分狐の転生した姿と考えられ、親分狐が兵隊に撃たれ鉄砲玉が当たった場面を演じて見せたのである。その時、狐の姿をして撃たれる姿ではなく、「兵隊が鉄砲弾にあたって、死ぬときのやうな形」をしたのは、撃たれた親分狐がのちにその兵隊に祟って、まもなく兵隊は死んだことを示す、すなわち親分狐を撃った弾は実は兵隊にはねかえったことを示したのであった。

「鳥捕り」の正体は親分狐であるが、後藤野で鳥を捕っていた狐が兵隊が撃たれた姿をとることによって、車外においては実は狐として鳥を捕り、その狐の銃弾による死と兵隊への祟りとを演じて瞬間移動し、車内に戻って洒脱な葉子売りとなる、という転生とも化身ともいえるような変化をしながら、車内と車外を行き来することができる不思議な存在なのである。

「鳥捕り」の口調は、行商風であるとともに渡世人風であるのは、親分狐であるためであり、どことなく寂しさが感じられるのは後藤野などが開拓されて狐の配下も減り、親分狐は孤立していたからなのであろう。橘（一九七五）によれば親分狐が撃たれてからは、後藤野には跡目をつぐ狐もなく、狐だても起きなくなったという。

多くの読者及び研究者が解けなかった謎を米地は見事に解いて見せる。特に「車外においては実は狐として鳥を捕り、その狐の銃弾による死と兵隊への祟りとを演じて瞬間移動し、車内に戻って洒脱な葉子売りとなる」と言う箇所は見事としか言いようがない。また、鳥捕りの銀河鉄道内と社外との行き来という瞬間移動を「転生とも化身ともいえるような変化」とする指摘は、恐らく賢治の脳裡に存在したであろう「仏教と宇宙との融合（合一性）」という観念から考えても納得させられるものであろう。

また、視点を転ずると、鳥捕りがいともたやすく行って見せる瞬間移動（転生・化身）は、賢治が「青森挽歌」の中で、トシの死に言及した場面にあるように、現実世界では不可能な行為である。「とし子はみんなが死ぬとなづけるそのやりかたを通つて行きそれからさきどこへ行つたかわからないそれはおれたちの空間の方向ではかられない。（「青森挽歌」）」のであるが、銀河鉄道とそれを取り巻く銀河の世界では、何度でもやって見せられる行為である。

賢治のエクリチュールの羅針盤が常に指すのは法華経の世界である。法華経の広宣流布を自らの生き方（文学的態度）の中心に据えた賢治に迷いはない。そのような賢治の筆が作品の随所に顔を出し、法華経の世界の香気を感じる登場人物の行動及び言動を喚起する。ここで米地が捉えた「転生とも化身ともいえるような変化」と言う鳥捕りの行動もまた、賢治が作品中に散見させた曼荼羅の花の一枚なのかもしれない。

そして、この鳥捕りの一連の行為にもまた、現実以上の現実感を覚える。こうした真の意味でのリアリティ（現実性）こそが賢治童話の魅力である。そしてその魅力の背景には、巌谷が説く「A→Aダッシュ」の公式が存在する。鳥捕りが地上（現実）に存在する行商風の「菓子売り」若しくは香具師《やし》のような存在として描かれているということがその現れであろう。

更にこうした実在感を備えた鳥捕りを予《あらかじ》め描写することで、銀河において瞬間移動が可能で、親分狐の転生した姿だとされる鳥捕りの姿に、賢治が目指すリアリティが付与される。また、一度現実（地上にいる香具師や菓子売りの要素を持った鳥捕りの風采等）に止揚することで、物語における際立った個性と、「ゾッとするような現実性」を秘めた鳥捕りが誕生するのである。賢治童話の多くの登場人物または動物等はこのような状況下で語られることが多い。

この「ゾッとするような現実性」こそが、巌谷の説くシュルレアリスムの臨界点であるとするなら、賢治の描いた鳥捕りは「地上（現実）の要素を十分に併せ持つ銀河人」という次元を通過した、真に「現実的な超現実的存在」であることになる。加えて、鳥捕りが、米地の主張する「親分狐」を背景に有しているとするなら、地上（現実）におけるドラスティックな民俗的要素を付加される鳥捕りはより超現実的な存在として、物語の中で異彩を放つことになる。
実際、鳥捕りは『銀河鉄道の夜』に登場する人物の中で、とりわけ読者に不審と懐疑を抱かせる存在として描かれている。銀河を渡る鳥たちをお菓子にしてみたり、疾走する銀河鉄道の外と内を自在に瞬間移動したりと、その行動は数奇に満ちている。このような鳥捕りの行動の中でも特に不可思議だと思える、鳥捕りの様子と背景について、先の米地は次のように付加している。

「鳥捕り」は卸商人ではなく、自ら売り歩く行商も行っていると思われる。賢治の時代には大きな工場での大量生産される菓子は、キャラメル、ドロップ、チョコレートなどの日持ちするごく一部の洋風菓子に限られていた。和菓子をはじめ大部分の菓子は小規模生産で、生産者自身が店舗販売や、行商による販売をしていた。「鳥捕り」が日本ないしは東北の菓子売りの行商をモテルにしたとすれば、菓子になる鳥が日本で菓子や菓子店の名によく使われる雁や鷺であることと照応する。

イタリアとみられる土地を発車した列車に乗り込んで来たにもかかわらず、「鳥捕り」が日本の伝承や風俗を下敷きにしたことは、商品の鳥すなわち菓子を運ぶのに風呂敷を用いているや、その包みを「二つに分けて肩に掛け」ていることからもわかる。日本的な風呂敷はもちろんのこと、前後に振り分けして肩に掛けるのも、日本の伝統的な旅装束である。このように風呂敷包みに食べ物を入れてかついで、諸方を売り歩く行商が狐に騙される話は各地に残っており、賢治はそれからもヒントを得たのであろう。


米地は鳥捕りがイタリア発の銀河鉄道に乗っていながら、極めて日本流のいで立ちや、狐に騙される行商人と言う、いかにも日本的な民俗性に象られていることに半ば驚愕しているが、これは賢治の岩手県を中心とした民俗への強い関心を考えれば不思議ではないだろう。むしろそれよりも賢治が、鳥捕りの日本的な行商人としての背景を際立たせたことの背景には何があるかに強い興味を覚える。

賢治が生前、『遠野物語』の話者（伝承者）である佐々木喜善と二度直接会い、

花巻農業高校玄関

親交を深めたことは有名な話である。この二人の出会いにはどのような思惑と背景が存在したのであろうか。この出会いは賢治と佐々木の何れにおいても、相手から受ける影響が極めて高いという判断のもとに行われた出会いであろう。賢治の方から見れば、『遠野物語』に描かれた伝説の他に、自身の物語として再話できる可能性があるものを探していたのかもしれない。

そして、佐々木からすると、中央では殆ど無名であるが、岩手県の伝説を積極的に物語に取り込もうとしている賢治に親近感を感じたのかもしれない。毎回、『遠野物語』を読んで実感することは、柳田国男が「序」で示すような「願わくば平地人を戦慄せしめよ」という言葉に代表されるような野望が、佐々木にはなかったのではないかということである。

つまり、佐々木にとっては『遠野物語』で語られる故郷遠野の時間や空間は、それだけで完結しているものであり、足元を見ることなく文明化されてゆく近代日本人への警鐘というような大それたことを考えてはいなかったのではないかということだ。これは、賢治自身にも見出せる共通項なのかもしれない。

確かに賢治は「法華文学の創作」という大目標を自身の理想として掲げていたが、とりわけ故郷の伝説や昔話を題材とした作品においては、純然たる文化の継承者として、作品世界を描くこともまた、創作の目的にしていたのではないだろうか。

五　エクリチュールの行方

しかし、この純然たる営為の源には常に巌谷の説く、「A→Aダッシュ」という道程が見て取れる。『ざしき童子のはなし』などを読むとそうした賢治の姿勢が垣間見えるのではないだろうか（尚、引用文中の各話冒頭の番号は、筆者が便宜上施したものである）。

ぼくらの方の、ざしき童子《ぼっこ》のはなしです。

①あかるいひるま、みんなが山へはたらきに出て、こどもがふたり、庭《にわ》であそんでおりました。大きな家にたれもおりませんでしたから、そこらはしんとしています。

ところが家の、どこかのざしきで、ざわっざわっと箒《ほうき》の音がしたのです。ふたりのこどもは、おたがい肩《かた》にしっかりと手を組みあって、こっそり行ってみましたが、どのざしきにもたれもいず、刀《かたな》の箱《はこ》もひっそりとして、かきねの檜《ひのき》が、いよいよ青く見えるきり、たれもどこにもいませんでした。

ざわっざわっと箒の音がきこえます。

とおくの百舌《もず》の声なのか、北上川《きたかみ》の瀬《せ》の音か、どこかで豆《まめ》を箕《み》にかけるのか、ふたりでいろいろ考えながら、だまって聴いてみましたが、やっぱりどれでもないようでした。

たしかにどこかで、ざわっざわっと箒の音がきこえたのです。

も一どこっそり、ざしきをのぞいてみましたが、どのざしきにもたれもいず、ただお日さまの光ばかりそこらいちめん、あかるく降《ふ》っておりました。

こんなのがざしき童子《ぼっこ》です。

（中略）
②また、北上川《きたかみ》の朗明寺《ろうみょうじ》の淵《ふち》の渡《わた》し守《もり》が、ある日わたしに言いました。
「旧暦《きゅうれき》八月十七日の晩《ばん》に、おらは酒《さけ》のんで早く寝《ね》た。おおい、おおいと向こうで呼んだ。起きて小屋から出てみたら、お月さまはちょうどおそらのてっぺんだ。おらは急《いそ》いで舟《ふね》だして、向こうの岸《きし》に行ってみたらば、紋付《もんつき》を着《き》て刀《かたな》をさし、袴《はかま》をはいたきれいな子供《こども》だ。たった一人で、白緒《しらお》のぞうりもはいていた。渡《わた》るかと言《い》ったら、たのむと言《い》った。子どもは乗った。舟《ふね》がまん中ごろに来たとき、おらは見ないふりしてよく子供を見た。きちんと膝《ひざ》に手を置いて、そらを見ながらすわっていた。

お前さん今からどこへ行く、どこから来たってきいたらば、子供はかあいい声で答えた。そこの笹田《ささだ》のうちに、ずいぶんながくいたけれど、もうあきたから他《ほか》へ行くよ。なぜあきたねってきいたらば、子供はだまってわらっていた。どこへ行くねってまたきいたらば、更木《さらき》の斎藤《さいとう》へ行くよと言った。岸についたら子供はもういず、おらは小屋の入口にこしかけていた。夢《ゆめ》だかなんだかわからない。けれどもきっと本当だ。それから笹田がおちぶれて、更木の斎藤では病気もすっかり直ったし、むすこも大学を終わったし、めきめき立派《りっぱ》になったから」

こんなのがざしき童子《ぼっこ》です。

（『セロ弾きのゴーシュ』角川文庫・一九九三年五月二〇日改版五〇版）

賢治の『ざしき童子のはなし』は荒唐無稽な昔語りではない。作品世界を支える基盤の部分には岩手の民俗や文化、そして生活が存在する。例えば、①の話は「箒の音」という、現実（日常）、当たり前に存在する現象の現れる場を変化させることにより、現実から超現実への移行に成功している。巌谷が説く「度合（段階）の差」だけでなく、その事象が生じる場の転換もまた、AからAダッシュへの移行を説明する際、有効であると考えられる。つまり、現実に生じた「箒の音」を、かつて人間であったざしき童子が、その存在の磁場を変えた立場で、新たにそれを生み出すことにより、現実から超現実への移行を成功させているのである。

また、②の話では、船頭の「夢だかなんだかわからない。けれどもきっと本当だ」と言う言葉に象徴されるように、現実と夢（超現実）の間で揺らぐ物語空間が見事に表現されている。『銀河鉄道の夜』の二人の少年の旅の背景や、『風の又三郎』の主人公、高田三郎という存在の根拠に代表される、「現実と夢（超現実）」との境で、強烈な実在感を発光する人物に共通する性質がここにも存在する。

加えて、②の話の子供は、ざしき童子でありながら、武家の男子のなりをして座っている。北上川の朗明寺の渡しという現実の場所に、人間ではない主人公を配置することにより、そこには「時空の歪み」とも「時間の陥穽《かんせい》」とも言える空間が現れる。この前提のない唐突な物語の構築こそが、賢治童話の魅力でもある。

例えば、『風の又三郎』の高田三郎は二百十日の風が吹く日の教室にいきなり現れる。宮沢清六氏が指摘するように、賢治童話に予兆としての「風」が吹く時、そこには不思議な世界が展開される。しかし、それにしても転校生、高田三郎の登場はあまりに急である。そしてこの性急さこそが賢治童話のスプリングボードとなり、彼独特の民俗性を秘めたイメージの世界の産出を促す。

更に、賢治のエクリチュールの見事さは、子供自身がこれまでの来歴と未来とを自ら語るという点において、より高次な止揚をもたらし、彼の描く超現実の世界は、現実と連なり、まさに「A」と「Aダッシュ」は一つの線で結ばれることになる。巌谷の説く超現実のメカニズムの様相を呈しながら、賢治の超現実は沸点を迎える。

また、視点を転じて賢治自身の伝説に対する向き合い方を見ると、無国籍（多国籍）とも考えられる『銀河鉄道の夜』という作品空間に、敢えて日本的な、言い換えれば賢治にとっては、ドメスティックで親近性を感じる「行商人としての鳥捕り」を登場させたのは、前述した「Aダッシュとしての超現実」を描くため、「あまりにも現実的で親近性を帯びたA」を登場させる必要性に基づく。

このように賢治童話の世界は、これまで殆ど触れられることがなかった「超現実」という観点から見ると興味深い。これまでファンタジーなのか、そうでないのかという議論は度々されてきたが、ファンタジーという言葉の理解や、その比較対象とされる作家や作品との距離感の曖昧さなどから、これは決着の付きにくい課題でもあった。

しかし、巌谷の説く「超現実」の公式や、西脇順三郎が定義した「現実に止揚し、そこを母胎とするものが超現実」という理論に沿って考えると、比較的明快な関係性を見出すことが出来る。先にも述べたように、賢治は超現実主義の詩人だという言説は拙速の誹りを免れない物言いだろう。だが、日本に超現実主義が輸入され、まさにその咀嚼を多くの文学者が進めた時代と同時代に生き、そして書いたのが賢治だという史実に基づくならば、この相似は必然的なものである。

賢治の感性のアンテナは宇宙だけでなく、岩手のフォークロアの世界を渉猟し、法華経を横断した。そしてそれらの事象の前に立ち、奇しくも巌谷や西脇が説いた超現実主義と近い手法で、賢治なりの超現実主義を構築したのである。ここでも賢治のマルチな精神性が有効に作用している。そしてその相似は、作品における多様性や鋭利な先見性に満ちた賢治作品の魅力の一つと言えなくもないだろう。

これまで概観してきたことだけを根拠に、宮沢賢治と超現実主義とを短絡的に結び付けるのは早計である。しかし、賢治が意識したか否かに関わらず、少なくとも巌谷の説く公式に鮮やかなほど符合するという事実を重視しなければなるまい。緻密かつ具体的な分析については、次の機会に託したいと考える。

資料

論文　宮沢賢治研究Ⅰ

――大正四年から大正一〇年に至る賢治の信仰心の変遷を中心に――

A Study of Kenji - Miyazawa No.1

太田昌孝　Masataka OHTA

本論は「宮沢賢治研究」の第一章として、法華経と賢治との出会い（大正四年七月）から、国柱会入会（大正九年一二月）を経て、大正一〇年一月の家出に至るまでの賢治の信仰心の系譜を明らかにしようとしたものである。

一九九六年、生誕百年を迎えた宮沢賢治に対する興味、関心は益々、強いものとなっており法華経行者、農学校教師、文学者、科学者という多彩な顔を持つ賢治に対して、様々な角度からの研究が試みられている。

これは宮沢賢治という類い希な個性を理解し、その姿を広く社会に紹介する為には有効かつ適切なアプローチだと考えられるが、多方面からのアプローチはともすれば、浅薄な賢治理解の引き金にもなりかねず、また、真の賢治理解を歪めかねないという危険を伴っている。

このような視点に立つ時、賢治研究の中心に据えるべき課題は何かという問いにぶつかるが、私は賢治研究の中心に置くべき課題として「法華経」を挙げたいと思う。

本論ではこうした認識に基づき、これまで余り詳細な考察がなされていなかったと思われる、賢治と法華経との出会いから国柱会信仰、そして、大正一〇年一月の家出に至るまでの賢治の信仰心（宗教観）について、賢治が友人ならびに父親に送った書簡と国柱会の機関紙「天業民報」に発表した作品の分析と年譜の考察を行ないながら明らかにした。

今回、本論を書くに当たって留意したことは、書簡等に用いられている仏教用語の解明を賢治の信仰心理解の中心に据えたことである。

また、賢治と法華経との関わりを考えるに当たって最も重要な鍵を握ると思われる、大正一二年八月の青森樺太旅行に繋がる時期としても、本論で取り上げた大正四年から大正一〇年の間の考察は肝要であると認識している。

はじめに

宮沢賢治は三七年の短すぎる生涯において夥しい数の童話と詩を書いているが、私は宮沢賢治が拘ったこの二つの表現形式が生み出したところの差異、或いは、近似、そして宮沢賢治自身がエクリチュールの時点において抱いていたと思われる、それぞれの表現形式に対する「境界」の意識（或いは「無境界」の意識）について考えることは文学のジャンルというものにこだわり過ぎたきらいのある我々にとって決して無意味ではないだろうと考えている。また、賢治自身の言葉をそのまま信じるとすれば、彼は生涯で一編の詩も書かなかったということになる。これは言うまでもなく我々が詩と呼んでいるものを「心象スケッチ」という名で呼び、わざわざ既成の詩との間に明確な形で一線を画しているからである。

賢治は「心象スケッチ」を［mental sketch modified］と呼び、この「心象スケッチ」が決して、ある物象（景物）の持つイメージや印象というものが、それを見ている者の心理（意識）の上に誠実に再現されるという意味を有する言葉でないことを示唆している。［modified］というからには当然、物象になんらかの「装飾」が作者によってなされていなければならないのであり、その、「装飾」の在り方自体が作者の詩へのエクリチュールの断面と何らかの繋がりを持ってくると思われる。宮沢賢治の文学はこうした例を見ても分かるように様々な可能性とエニグマ（謎）とに満ちている。この類いまれな個性は生誕百年の今年、多くの新たな読者を得、空前のブームを生み出した。樹木や風を人間と同じ位相でとらえ、命の繋がりという大前提の下で均質化させるという賢治の思惟が、法華経の説く、「一念三千」の思想に基づくものであることは言うまでもなく、また、「娑婆即寂光土」といった法華経の教えに倣い、故郷、花巻において農村活動を軸とする一大実践（羅須地人協会）を試みた。これは、様々な理由において挫折せざるを得なかったが、その真摯な行動こそが読者を引きつけて止まない、賢治文学の中核をなすエネルギーと言ってよいだろう。

しかし、賢治の文学が巷間、広く流布するに至り、その文学の持つ可能性と謎は模索され解明される傾向にはあるものの、いまだ、多くの疑問と未開拓な「場」を残している。そうした事象を引き起こしている理由は幾つか考えられるが、大きな理由のひとつに法華経と賢治（或いは賢治文学）との関わりについての正しい理解の不足と言うことがあげられるのではないか。

確かに、賢治と法華経との関わりは、その短すぎた生涯の中においても変容を見せ、独特の法華経理解を生み、賢治の読者を迷路じみた曲折へと誘い込む。独特の宇宙観とゆるぎない実践とにおいて獲得した法華経観を持ったという意味において、賢治が宗教者であったという事は可能だが、ここに賢治研究がもつ大きな「罠」があるように思う。

それは賢治自らが宗教者を志した人ではなく、あくまで一法華経行者として、苦悶し、歯ぎしりし、自らを「修羅」と呼ぶことにより、自身の立つ位置を確定し、ひたすら「人間」に、そして「菩薩」になろうとした人であり、法華経を生命そのもののエネルギーとしたものの、決して、法華経そのものを全面に押し出し、法華経の教化の為に作品を書くことを第一の目的としなかった。つまり、賢治は自分が今世で何をなすべきかという領分を知った人であり、法華経の広宣流布のために創作を「方便」としようとした人である。無論、だからといって賢治が法華経を傍観し、客観的にその世界を論じようとした人でないことは言うまでもなく、多くの童話や詩の中に法華経を知るためのキーワードを蔵しながら、呼吸のごとく、それを読む者に大乗仏教の持つ「仏知見」が浸透することを目的とした。この部分の確認がなければ特に、法華経を軸とする賢治研究は成立しないように思う。

本論では宮沢賢治と法華経との出会いを中心に、大正一〇年一月のまでの信仰心の系譜を明らかにすることを目的としたい。

・法華経との出会い

宮沢賢治と法華経との出会いは年譜（校本・宮沢賢治全集一四巻・筑摩書房）によると大正三年（一九一四年）九月、父親、政次郎の法友、髙橋勘太郎から贈られてきた、『漢和対照　妙法蓮華経』を読み、異常な感動を受けたことにその、端を発すると言われている。

この年、賢治は三月に盛岡中学校を卒業したが、肥厚性鼻炎の手術を受け、術後の高熱から発疹チフスの疑いが起こり、五月末まで盛岡市立岩手病院に入院している。この間に担当の看護婦に恋心を抱いたが、父親の反対に遭い、結婚を諦めているのは有名な史実である。九月には家業を継ぐことに対する嫌悪感からノイローゼ状態となり、見るに見兼ねた父親の許しを得、盛岡高等農林への進学を許されている。先の年譜によると、進学許可と『漢和対照　妙法蓮華経』との出会いとは前後すると思われ、煩悶から解き放たれた賢治の精神に新鮮な輝きを持って入ってきたのが法華経だと考えられる。

賢治の父親、政次郎は「我信念講話」（夏季仏教講習会）の世話役を歴任するほどの篤信家で浄土真宗の熱心な信者であった。政次郎は家庭内でも求道の精神を具現し、幼い賢治を夏季仏教講習会へ出席させたりする程であったが、一方、商才をいかんなく発揮し、衣類の買い付けに関西方面にまで出かけたという記録も残っている。

このような父親の影響下、幼い頃から仏教的雰囲気の中で過ごした賢治にとって信仰という行為は呼吸をするように自然な行為だったといえようが、法華経を信じるようになってからは、この先行体験とでも呼ぶべき浄土真宗の信仰は賢治を十分に煩悶させ、苦しめた。この悩み、苛立ちは同時に政次郎への反発へと波及した。

しかし、逆に浄土真宗という先行体験があったからこそ賢治の法華経信仰はあれ程、強烈で真摯なものになったとも言えなくはない。なぜならば、法華経を信仰するようになってから賢治は浄土真宗の教えを反テキストとして措定し、政次郎と法論を闘わせながら自身の信じる法華経の確かさを実感し、それを彼なりのシステム化の方程式に従って理論化していくことができたからである。賢治に浄土真宗という先行体験が無ければ賢治の法華経信仰はその初期に見られたような狂信的な一現象に終わったかも知れず、少なくとも、「法華文学」の創作という賢治の理想的到達点は彼自身にも見えていなかったかもしれない。

そこで、賢治の法華経志向の深まりを印象づける出来事として、大正一〇年、四月の関西旅行を挙げて考えてみたい。この旅行は同年、一月に突然、故郷を出奔した賢治を諫めるために政次郎が企画したものであった。小倉豊史氏の分析によれば四月四日か五日に東京を出発した二人は伝教大師一一〇〇年遠忌が催されていた比叡山延暦寺を訪れている。政次郎が旅行先を延暦寺に定めた意図は、法華経信仰というよりも国柱会信奉に邁進していた賢治に冷静に仏教の世界を概観させることにあったろう。天台法華の本山である延暦寺の持つ雰囲気を実際に体験させることにより、賢治の感情の昂ぶりが収まり、自分との感情的な対立もなくなるであろうと政次郎は考えたに違いない。

しかし、政次郎の願いは賢治には届かなかった。それは、全集の歌稿B七七七に表現されていると思われるので、取り挙げてみたい。

いつくしき五色の幡につつまれし大講堂ぞことにわびしき

比叡山といえば日蓮が仁治元年（一二四二年）から一二年の間、過ごした修行の山であり、賢治にとっても、それなりの思い込みを抱いて眺めるべき場所でもある。また、賢治が信仰する法華経も、もとを正せば、この比叡山延暦寺に伝えられた天台法華宗の一派でもある。しかし、栄華を遠くした延暦寺の姿を、それに相対するかのように華やかに翻る五色の幡と対照させることによって歌う賢治の態度には、そうした比叡山の持つ歴史的背景に対する崇拝より、むしろ、それをなかば拒絶し、あくまでも国柱会への帰依を貫こうとする態度が窺える。

この国柱会への異常とも思えるほどの傾倒ぶりは大正一〇年二月上旬、保坂嘉内に宛てた封書からも見て取れる。

お手紙ありがたうございます。ありがたうございます。
　すべてはすべてはみ心の儘にあらしめ給へ。
すべては大聖人大悲の意輪に叶はせ給へ。

この上はもはや私は「形丈けでも」とは申しません。なぜならあなたにやがて心と形と一緒に正しい道を旅立たれるその日が近く、いや最早その日になってゐるからです。但しお父様や弟様を捨てて着のみ着の儘こちらにおいでになる事はどうしてもいけません。お父様にまだそれ迄お話にはならないでせう。先づは静に静に大聖人の大慈悲をお伝へなされ如来の御思召をお語りなされ、さてその上で何としても致し方がないときは或は私の様な不孝の事も許され申すかも知れません。（中略）今月の十六日は大聖人御誕生七百年の大切な日です。それ迄に一寸お出でになれませんか。汽車賃は私が半分出します。失礼ご免下さい。

（『校本　宮沢賢治全集第一三巻』）

上京して一月余り、賢治の国柱会への情熱はもはや押え難くなっていることがよく分かる。これに先行する保阪宛ての手紙では「形丈でも」信者になって欲しいと懇願した賢治だったが、上京して一月余りの間に、半ば狂信的に国柱会の布教活動に専念し、国柱会館に出入りするうちに、自分でも押さえ切れない程の欲動が彼を貫いたのであろう、保阪に帰正を勧めるというよりもむしろ、国柱会への入会を進めようとする考えが第一になり、「失礼ご免下さい。」という言葉は、半ば付け足しのようにも思える。

さてこの国柱会だが、その概要を述べておくと、大正三年（一九一四年）田中智学によって創設された在家仏教の団体で、純正日蓮主義を理想に掲げ、立正安国の実現を目的とした。田中智学については原子朗編の『宮沢賢治語彙辞典』（東京書籍）によると以下のように記されている。少し長くなるが関係部分を抜粋、引用してみたい。

文久一（一八六一）～昭和一四（一九三九）国柱会創設者。江戸日本橋生まれ。本名巴之助。一八七〇（明治三）年（九歳）一之江にある日蓮宗妙覚寺で剃髪得度し、智学の法号を受ける。飯高壇林を経て、一八七五年、日蓮宗大教院に進み、新居日薩のもとで学ぶ。一八七九年、当時の天台教学中心の傾向に飽き足らず日蓮宗より離宗還俗し、在家仏教の立場から日蓮主義を宣揚することを決意する。翌一八八〇年横浜に蓮華会を興し、一八八四年東京に出て立正安国会を創立。一九一四年国柱会を創立。智学が優陀那日輝の教学に抱いた疑問とは、折伏よりも摂受に重きを置く日輝の折退攝進主義にあり、折伏重視の考えをもつ智学は、宗門を離れ在家仏教の立場から己の主張を世に問う道を選んだ。智学は日蓮の思想と信仰を護国即護という視点でとらえ、国家としての日本が世界を統一することにより、法としての法華経が世界を統一すると考えた。

摂受より折伏に重きを置いた田中智学の精神に倣い賢治もまた、先の保阪嘉内に対して執拗な折伏を試みる。賢治が国柱会に入会したのが大正九年（一九二〇年）一二月であるので、賢治は僅か二か月足らずの間に、家出、折伏という、それまでの賢治には到底考えられなかった行為をするまでに変貌している。この信仰熱の高まりは当時の一地方青年にありがちな一途な純朴さをベースにしているものの、やはりそこには並々ならぬ賢治の内剛を感じる。ここで、法華経（日蓮）、国柱会が賢治にとってどの様な位相で意識され、「公式化」されていったかをその出会いに溯り順に整理してみる。法華経との本格的な出会いは何度も述べているように、大正三年（一九一四年）九月、前出の島地大等著『漢和対照　妙法蓮華経』を読んだことに始まるが、賢治がこの著書（著者）に惹かれた原因の一つとして大島宏之氏の論を引用してみたい。

賢治が同書を紐解くに至った最初の動機は不明だが、大正元年の書簡に「佐々木氏は島津大等師（ママ）あたりとも交際致しずいぶん確実なる人物にて候。」とあるように、島地大等の知友ということが人物評価の信頼・不信頼の評価尺度にされていることからも、著者に惹かれたという理由が第一に上げられよう。さらに、真宗大谷派の信徒である父に育てられ、自らも「小生はすでに道を得候。歎異鈔の第一項を以て小生の全信仰と致し候。」と述べている身には、同じ親鸞の系統（浄土真宗本願寺派・僧侶）に在る著者という背景も読書欲をそそったのではないだろうか。

（「宮沢賢治と法華経」・『日本文学研究資料叢書』・有精堂）

大島氏が指摘するように賢治が『漢和対照　妙法蓮華経』を紐解いた理由は、

島地大等という人物への共感と好意とにあり、法華経そのものへの本格的な関心はないといってよい。つまり、賢治にとってこの運命的な出会いは、まさに偶然の所産であり、それだけに年若い賢治を強く魅了したに違いない。この後も賢治は島地大等の下へ通い、度々、講話を聴いているが、当時、一〇代の終りであった賢治にとって、大谷光瑞の西域探検隊の一員としてスリランカ、インド、ネパールの仏蹟調査に随行し、東洋大学や東京帝国大学の講師を務めたことのある島地大等の姿は眩いまでのものであったろう。このような著者の付加価値が手伝い、賢治は自然に『漢和対照　妙法蓮華経』の世界へと入って行くことができたに違いない。

さて『漢和対照　妙法蓮華経』を読み、異常な感動を覚えた賢治だが、その後の法華経への傾倒は主に大正七年、保阪嘉内に宛てた書簡においてその系譜を見ることができる。

退学も戦死もなんだ　みんな自分の中の現象ではないか　保阪嘉内もシベリヤもみんな自分ではないか　ああ至心に帰命し奉る妙法蓮華経。世間皆是虚仮仏只真。
妙法蓮華経　方便品第二
妙法蓮華経　如来寿量品第十六
妙法蓮華経　観世音菩薩普門品第二十四
　願はくは此の功徳を普く一切に及ぼし
　我等と衆生と皆共に仏道を成ぜん

（大正七年三月一四日前後）

新らしく書き出します　保阪嘉内は退学になりました　けれども誰が退学になりましたか。又退学になりましたかなりませんか。あなたはそれを御自分の事と御思ひになりますか。誰がそれをあなたの事ときめましたか　又いつきまりましたか。私はこう思ひます。誰も退学になりません　退学なんといふ事はどこにもありません　あなたなんて全体始めから無いものです　けれども又あるのでせう　退学になったり今この手紙を見たりして居ます。これは只妙法蓮華経です。妙法蓮華経が退校になりました　妙法蓮華経が手紙を

読みます　下手な字でごつごつと書いてあるらしい手紙を読みます　手紙はもとより誰が手紙ときめた訳でもありません　元来妙法蓮華経が書いた妙法蓮華経です。ああ生は法性の生、死はこれ法性の死といひます。只南無妙法蓮華経　只南無法蓮華経　（中略）
どうかどうか保阪さん　すぐに唱へて下さいとは願へないかも知れませんが先づあの赤い経巻は一切衆生の帰趣である事を幾分なりとも御信じ下されば本気に一品でも御読み下さい　そして今に私にも教へて下さい。
（大正七年三月二〇日前後）

先の手紙の中で賢治は「帰命」という言葉を用いて現在の自分の心境を説明しているが、この時点ですでに「南無（「帰命」と同義）の境地を理想とし法華経の為に身命を投げ出すことを潔しとしている。
また、後々まで賢治が最も好んだと伝えられている「如来寿量品第十六」の名を掲げ、保阪に対して、これを読むことを暗に示唆している。大正七年頃になると賢治の法華信仰の基礎も固まり、晩年に至る信仰の道筋が見えてくる。

そして後に詩集『春と修羅』の「序」でも用いた、「現象」という言葉がここで用いられている。この「現象」という言葉が賢治の中でいかに意識され、いかなるレベルで使用されていたかという事は、重大な意味を含んでいる。仏教では「現象」を「仮有」といい、本体を「本性」「実有」「自性」といい、相対するものとして分別している。この賢治が用いた「現象」について丹治昭義氏は以下のように説明する。

インドの大乗仏教は人間だけでなく、すべてのものが実体でなく、現象のみであるという「空」の立場に立った。「空」(sunyata シューンヤター)という語は、空っぽ、内部が空洞という意味であり、人やものの実質そのものと考えられている実体・本体がなく、外面、表層部、つまりは現象だけであることを示す。

(『宗教詩人　宮沢賢治』中公新書一三二九)

丹治氏の論をもとに先の手紙の中の「現象」を説明するならば、この「現象」

という言葉は、保阪が、「現実」として意識していたであろう、シベリア出兵（大正七年八月二日）や、第一次世界大戦（大正七年一一月終戦）も実は、自己の中でのみ存在する「現実」であり、大乗仏教でいう「空」の思想、或いは「不空」の思想で補足できるという賢治なりの法華経解釈の延長線上にあるものだということになる。

さらに、二つ目の手紙に至ると「南無妙本蓮華経」という言葉の解釈を、それの読み手である保阪の現実に対応させながら試みている。「南無法蓮華経」がお題目にとどまらず、法華経自体の精神を代表する言葉であることを保阪に伝えようとしているのである。つまり、「ナム・サダルマ・プンダリーカ・ストーラ」（「南無妙法蓮華経」の梵語読み）とは何かを保阪に伝えようとするのである。

「ナム・サダルマ・プンダリーカ・ストーラ」の「ナム」とは梵語［namas］の音写で「帰命」「信従」などと訳され、仏、三宝に対する帰順を意味し、「サダルマ」とは梵語で［saddharma］と言い、「最も優れた教法」を意味する。続く「プンダリーカ」は梵語で［pundarika］と言い、「白蓮華」、つまり、仏教の精神が高潔であることを意味し、最後の「ストーラ」は梵語で［sutra］と言い、原義は「糸」、転じて教法を貫く綱要を意味する。

これらの単語を統合してみると、「ナム・サダルマ・プンダリーカ・ストーラ」とは『この上ない最高の教法に身命を投げ出して帰依します。』ということを意味し、まさに「法華」の精神を代表する言葉である。この意味が明らかになった時、賢治の信仰心は加速度を増して激しくなり、もう誰かにそれを伝えなくては居られないという思いでその胸は満ちていたに違いないだろう。

このように、賢治が「南無妙法蓮華経」を中心とした法華経の世界、つまり、現世の一切を肯定することから始まる「娑婆即寂光土」という世界観を保阪の退学という動かし難い現実を通して実感しようと試みている事実は、賢治の対父親（対浄土真宗）という条件を伴いながらも、法華経信仰が、やがて、自己の中で結実して行こうとする可能性に満ちたものであることを暗示している。

大正三年に『漢和対照　妙法蓮華経』と出会ってから大正七年に至る四年余りの間に賢治は徐々に法華経、そして日蓮への理解を深め、自分の中でそれに意味を付し、高等農林で学ぶ化学の世界と絡ませながら、次第に法華経と日蓮とを自分の中の方程式に当てはめ、体系化することに努めた。大正七年の段階では体系化に成功したとは言えず、むしろ法華経理解のための法華経信仰にとどまっており、後に賢治が到達する「法華文学」の創作という理想には至っていない。

それでは賢治の法華経（日蓮）理解がいかに行われていったかを大正四年から大正七年の間の年譜から主な出来事を拾いながら考えてみたい。

大正四年四月、盛岡高等農林学校入学。同年八月一日から七日まで願教寺の夏季仏教講習会に出席し、島地大等師の歎異鈔法話を聴くとあるが、この時期の賢治の思いの中には真宗の「他力本願」の正しさが説かれた『歎異鈔』を聴くというある種の精神的余裕が見られる。また、同年一二月の高橋秀松宛の書簡では「優しき兄弟に幸あらんことをアーメン」といいおどけながらも「アーメン」という言葉を用いている。大正四年近辺では後に見られるような法華経の激しい傾斜は感じられない。

また、大正五年一月「文語詩篇」ノートに「一月　報恩寺　寒行に出でんとして。　銀のふすま、　暁の一燈。　警策　接心居士」「品行悪しといふとも、尾なほこの僧のまなざしを見よ。」と書かれている。この僧とは報恩寺の住職、尾崎文英師を指すと言われているが、『宮沢賢治語彙辞典』（原子朗編著・東京書籍）によると、「尾崎は豪放な人物で行動が粗雑なため周囲の評判は必ずしも良くはなかったようである」と記載されている。その真偽の程はともかく、賢治はかつて剃髪し、教えを聴いたこの尾崎師に対して暖かい思いを忘れてはいない。

ところが、同年四月四日、髙橋秀松に宛てた書簡の中に「この旅行の終りの頃のたよりなさ淋しさと云つたら仕方ありませんでした。富士川を越えるときも又黎明の阿武隈の高原にもどんなに一心に観音を念じてもすこしの心のゆるみより得られませんでした。」とあるが、ここに言う「観音を念じて」とはどのような行為なのかを考えてみると、この時期には既に賢治が法華経を十分に意識していたことが分かる。ここに言う「観音経」とは妙法蓮華経の第二五章に当たる「普門品」だと考えてよかろう。「普門品」は古くから「観音経」という名称で単独の経典として世に行われており、「観音」とは、「観世音菩薩」の略称で「観世音」とは世間（衆生）が救いを求めるのに応じて、直ちに救済するという意味である。

この「観音経」が「現一切色身三昧」という理想を実際的に説いたところに特徴があるが「現一切色身三昧」とは「妙音菩薩品」の最終部分に登場する境地で、

一六の三昧から成ると説かれている。主なものを挙げると以下のようになろうか。

・「法華三昧《ほっけざんまい》」法華経の即身成仏と娑婆即寂光土の義を体得すると、いつでも正しい判断と行いができるのでこれを目標に進むことを言う。

・「解《け》一切《いっさい》衆生《しゅじょう》語《ご》言《ごん》三昧《ざんまい》」この三昧を得ていると、境遇や事情の違った人々の言葉を聞いてもそれをよく理解することができるのでこれを目標に進むことを意味する。

・「神通《じんずう》遊戯《ゆげ》三昧《ざんまい》」どのような境遇の中にあってもその境遇に左右されないで、自分のほうからその境遇を左右していくことを意味し、自分が境遇を制して、順境にあれば順境にあるように、逆境にあればその逆境を自分の修養の場にすることを目標に進むことを意味する。

・「日旋三昧《にちせんざんまい》」太陽がすべてを照らすように、自分も仏の智慧によって周りを照らすような身になることを目標に進むことを意味する。

次に、賢治が法華経の数多い経典の中で何故、この「観音経」に惹かれていたかを考えてみると、当時の賢治が「神通遊解三昧」が意味している内容に強く共鳴したからではないかという予測が成り立つ。つまり、賢治自身が自分の置かれた状況について認識し、その事実を解決するためにこの「神通遊解三昧」をその助けとしたのであろうということだ。賢治が置かれた状況とは、改宗を迫っても聞き入れてもらえない父との信仰上の対立、そして、盛岡高等農林学校卒業後の進路に対する大いなる不安という、相関したこの二つの要素を意味する。

もともと、賢治の高等農林進学に反対していた父は、祖父の進言もあって賢治の進学を渋々、承諾したが、卒業後は有無を言わせず家業を継がせようと考えていた。これに対して賢治は宮沢家の生業である質、古着商を厭う気持が強く、可能ならばこの家業を継ぐことを避けたいと願っていた。二人の宗教上の対立はこの家業の継承という現実問題を背景とした部分も強く、それだけに両者にとって切実な問題となっていた。賢治が帰正という到達目標に附随するものとして宮沢家の家業の刷新ということを考えていたことは疑いのないところで、後年、賢治が上京した折に、新しい商売の構想を練り、父に相談していることからも、彼が、帰正した者に相応しい家業を営み、父と協同して宮沢商店を継承していこうとしていたことは確かである。

そうした彼の考えと行動に確かな意味付けを施してくれるのが、「神通遊解三味」が示唆する、「境遇を制する」という目標であった。賢治は主に主教的な意味において逆境にあり、親戚などからは異端視されており、まさにそれを乗り越えるためには、「境遇を制する」ことが必要であった。こうした境遇に置かれた賢治にとって「観音経」の文言は実感を持った響きとして聞こえたに違いない。大正五年四月の段階で賢治の中にあったものは純粋の法華経を柱とした思いであり、国柱会入会直後の狂信的な信仰への思い入れとは大きく異なる。賢治の胸の中には未だ少しの余裕めいた部分があり、他の宗派に対してもある意味で鷹揚な態度で接していたという事実もある（例えば賢治は同年四月、願教寺（浄土真宗）での仏教講習会に保阪と共に参加しているし、翌年の大正六年一〇月には人生に悩んだ、関登久也を連れて、報恩寺（曹洞宗）の尾崎文英師を尋ね、教えを請うている））。

　それが大正七年を境に賢治の法華経信仰はいよいよ強いものとなり、前掲の保阪宛て書簡に見られるような様相を呈してくる。また、保阪宛ての書簡（同年三月前後）とともに父、政次郎に宛てた次のような書簡を残しているので先に紹介したい。

願はくば誠に私の信ずる所正しきか否や皆々様にて御判断下され得る様致したく先づは自ら勉励して法華経の心をも悟り奉り働きて自らの衣食をもつくのはしめ進みては人々にも教へ又給し若し財を得て支那印度にもこの経を広め奉るならば誠に誠に父上母上を初め天子様、皆々様の御恩をも報じ折角御迷惑をかけたる幾分の償をも致すことと存じ候。

（大正七年二月二日）

今晩等も日露国交危胎等と折角評判有之定めし御心痛の御事と奉察候へども総ては誠に我等と衆生との幸福となる如く吾をも進ませ給へと深く祈り奉り候間何卒色々と御思案下されず如何になるとも知れぬ事に御劬労下さらぬ様斯て御身体をも傷め候はば誠に皆々の嘆きに御座候間万事は十界百界の依て起る根源妙法蓮華経に御任せ下され度候。誠に幾分なりとも皆人の役に立ち候身ならば空しく病痾にも侵されず義理なき戦に弾丸に当る事も有之間敷と奉存候。

（大正七年二月二三日）

二月二日の書簡の中で賢治は法華経の広宣流布についてその意気込みを若者らしく情熱的に語り、法華経の流布のためならば「支那印度」でも行くという、およそ現実離れしたことまで述べている。また、この書簡には父母に対する敬意が随所にあらわれており、この頃、激しく法論を闘わせた父に対しても感謝と謝罪の意思を表明している。法論を闘わせつつも賢治は父を憎むことはなく、むしろ自身が信じるところの日蓮宗への帰正を促すことに全神経を傾けているようである。

次に二月二三日の書簡からは日蓮の言動を見るかのような厳しさと「法華第一主義」の思いに貫かれた賢治の信仰への自信とを読み取ることができる。しかし、この賢治の思いは、仏教を広く学んでいた政次郎にとっては国体主義を彷彿とさせるような危険な思想と感じられるものであり、賢治の将来におけるマイナスの可能性を感得するに十分なものであった。賢治の帰正への願いとは裏腹に、政次郎の心中には賢治を浄土真宗へと戻らせ、かつ、家業を継がせようとする思いが働いていたに相違なかろう。

　こうして賢治は父に幾度となく改宗を迫り、その度に激しい対立を繰り返すことになるのだが、この時期の書簡は吉本隆明氏などの指摘にもあるように大変、丁寧な口調で書かれており、また、改宗を勧めるといった過激な内容にも拘らずどこか遠慮勝ちである。これは賢治が浄土真宗の徒である父に対して反発の気持は覚えているものの、憎悪という感情を覚えていなかったことの表れであろうが、ここにも法華経行者として父母を敬おうと、懸命に努める賢治の真摯な求道の態度を見ることができる。

　さて、こうして大正四〜七年の書簡を概観して気が付くことは大正九年、一〇年の書簡にあれ程、頻繁に書かれた「日蓮聖人」という文字がほとんど見当たらないことである。法華経の理解に邁進していた賢治が日蓮宗の宗祖である日蓮のことを学んでいないはずはなく、その生涯を知った者ならば誰もが自然に抱く感情であろう日蓮に対する敬意と、その布教態度に対する驚きにも似た感動が賢治を貫かない筈はない。

　賢治の書簡に突然、「日蓮聖人」の文字が登場するのは大正九年一二月二日の保阪嘉内宛てのものからである。

今度私は国柱会信行部に入会致しました。即ち最早私の身命は日蓮聖人の御物です。従って今や私は田中智学先生の御命令の中に丈あるのです。謹んで此事を御知らせ致し　恭しくあなたの御帰正を祈り奉ります。（中略）日蓮聖人は妙法蓮華経の本体であらせられ田中先生は少くとも四十年来日蓮聖人と心の上でお離れになった事がないのです。

これは決して決して間違ひありません。即ち田中先生に　妙法が実にはっきり働いてゐるのを私は感じ私は信じ私は仰ぎ私は嘆じ　今や日蓮聖人に従ひ奉る様に田中先生に絶対に服従致します。御命令さへあれば私はシベリアの凍原にも支那の内地にも参ります。乃至東京で国柱会館の下足番をも致します。それで一生をも終ります。

これは賢治の日蓮、国柱会、そして田中智学への思いが直接的に表されている書簡として名高い。この書簡の発信日は大正九年の一二月二日になっており、年譜によると賢治の国柱会入会の時期はこの書簡の発信日である一二月二日前後となっているが、国柱会の書籍、パンフレット、新聞などは、賢治の父、政次郎の従弟に当たる青年、関登久也と共に取り寄せ、愛読していたので賢治と国柱会との出会いはこの入会時よりも若干前ということになろうか。

ここで、この書簡をもとに当時の賢治の心情を明らかにしてみると、先ず気付くのは、日蓮と田中智学とが賢治の精神の座標上では一本の線で結ばれており、優越性がはっきりしないという事である。法華経の行者として日蓮に帰依する気持ちは自然だが、田中智学に対して「服従」という言葉を使って忠義心を表しているることは余りに唐突な感じを受ける。賢治自身がこの書簡で述べているように、賢治はこの時点で田中智学の法話を二五分位、聞いた事があるだけで、無論、一面識もない。関から荒行の話や仏についての体験談を聞いたことで感情が異常な高ぶりを見せている時に書かれたことを考えると、熱がこもり過ぎ、現実離れしたこの内容は理解できないではないが、堰を切ったように突然、「日蓮聖人」という言葉が多くなっていることについては、やはり賢治の中で何らかの意識の変化（転換）があったとしか考えられない。

資料になるものが残っておらず、また賢治の心理に関わる問題なので憶測の域を出ないが、当時、彼が、国柱会信仰の基本である『日蓮聖人の教義』と『妙宗式目講義録』をかなり読んでいたことは大正九年一二月上旬の保阪宛て書簡からも明らかである。この、『日蓮聖人の教義』とは田中智学の著書で明治四三年三月に初版が刊行された、一般人及び初心の信者を対象とした日蓮主義についての案内書であり、また、『妙宗式目講義録』も田中智学の著書で明治三六年に初版が刊行された「妙宗式目」の講義録である。「妙宗式目」とは本化妙宗の一千に及ぶ法門を整理体系化したものをいう。

この二冊に共通する性格はいづれも田中智学が独自の見識をもって叙述した日蓮主義のガイドブックであるという事だろう。賢治はこれら田中の二書によって国柱会の性格や内容を知り、次第に会の持つ魅力に惹かれていったのであろう。それと同時に、これまで、どちらかと言えば「経典第一主義」であった賢治が先の二書を通じて日蓮そのものについても深く知識を得、その人物像に敬意を抱くようになったと思われる。

つまり本当の意味での日蓮理解は、田中の著書によって行われたといっても過言ではなく、大正九年の国柱会入会前後から書簡に「日蓮聖人」という文字が急に多く登場するようになったのは、それまであまり深く知ることのなかった日蓮という人物についての知識やイメージがこの田中の著書によって俄かに溢れたからであろうという推測も成り立つ。

しかし、問題は賢治にとって日蓮という人物の背後にはいつも田中智学という強い個性が存在したことであり、それが日蓮という人物に対する賢治の評価を規定していることにあると言えよう。前述したように田中は摂受よりも折伏を重んずる立場に立つ日蓮主義者で、護国即護という理想の下に日本が世界を統一することにより、法華経が世界を統一するという考えを抱いていた人物で、「国体主義」に近い立場に立つと言えなくもない。賢治は国柱会（田中）の国体主義について、どんな判断を下していたのだろうか。国柱会及び田中の思想については上田哲氏の論に次の様なものがある。

国柱会の「国体中心主義」というのは大正末、昭和初期の日本社会のファッショ化の頃から始まったのではない。蓮華会、立正安国会の当時からこの教団の基本的性格の一つであり『師子王』『妙宗』『日蓮主義』『国柱新聞』『毒鼓』など「天業民報」に先行する機関紙類には毎号のように国柱会的国家主義の教説が掲載されて居り、賢治も友人に奨めている『勅教玄義』『世界統一の天業』その他の布教用小冊子をみても、このことは明かである。『天業民報』創刊の辞の中にも、天業と言うのは〈世界一家六合一部〉という〈神武天皇の聖語〉の理想、つまり、日本国家中心の思想の実現の事業のことであり、創刊の意図もそこにある旨が述べられている。（中略）

このような国柱会の性格を承知した上で、賢治は〈今度私は／国柱会信行部に入会致しました。即ち、最早私の身命は／日蓮聖人の御物です。従って今や私は／田中智学先生の御命令の中に丈けあるのです。〉（大正九年一二月二日保阪嘉内あて封書）と言い切り、〈別冊勅教玄義に研究案内がありますからその順序におよりなさったらいいかと思ひます差当り一番緊要なのは天業民報でせう〉（大正一〇年三月一〇日、宮本友あて封書）と「天業民報」を奨めている。ちょうどその頃この「日本国体の研究」が人々的に連載されていたのである。（中略）従来の賢治研究は「わが仏尊し」とする余り、少なからぬ誤りを犯しているものがあるような気がする。

（「賢治研究ノオト抜書」・『日本文学研究資料叢書』宮沢賢治Ⅱ・有精堂）

このように上田氏は、従来の賢治研究が国柱会の「国体主義」と賢治を結び付けることを潔しとしないために、この部分について目を背けてきたことを厳しく批判し、賢治が入信して間もない頃の「天業民報」には田中の「日本国体の研究」が一年余りの間、連載されていたことに着目しつつ、それが賢治の国柱会への傾倒と無関係ではないことを示唆している。確かに「日本国体の研究」が連載されていた時期と、賢治が上京し、国柱会館に出入りしながら布教活動を行っていた時期とはほぼ重なる。

賢治の書簡に「田中先生」の文字と共に「日蓮聖人」の文字が多く見られるようになるのもちょうどこの大正九年の終りからであり、賢治が日蓮を、田中の説く「国体主義」の言説の中で理解しようとしていたことは恐らく間違いのないところであり、賢治にとって田中は法華経の紹介者というよりもむしろ、日蓮の紹介者という事ができよう。

賢治の中で日蓮と田中とが同一線上にあり、田中抜きでは日蓮を語れないという考えを賢治が持つに至ったことは賢治と法華経を考える際に、重要なファクターとなろうが、だからといって賢治が田中の目指した「国体主義」を全うしようとしていたかどうかについては疑問が残る。堀尾青史氏は『年譜　宮沢賢治伝』等において賢治が国柱会の「国体主義」に対して次第に疑問を感じるようになり、昨年は国柱会に対して批判的な考えを有していたと述べているが、この論が実証的でないという点において、先の上田氏は厳しい批判を加えている。しかし、後に賢治が残した作品や『農民芸術概論綱要』等の分析や、羅須地人協会での実践における社会認識等を考えてみても、この堀尾氏の指摘はおおよそ正しいと言ってよいだろう。大乗仏教の持つ基本的な精神のひとつに「利他行」があるが多くの人を真に救済すると言う大乗仏教の理想を学んでいたに違いない賢治が、「国体主義」という思想に対して強い信奉を行ったとは考えにくく、会での活動が重なるに連れて徐々に当時の国柱会が目指していた法華経による世界の統一という思想に対して、賢治自身も相入れない激しさを感じていたのかもしれない。

賢治が目指していた「法華文学の創作」の背景には時代を超越し、個人をも超越した無私で普遍な理想が根ざしており、田中智学の思想の背景には、時代の救世主たらんという現実的でさし迫った感情があった。敢えて二人の相違を探すならば、「思想」と「理想」との違い、つまり、現実に何を成し得るかという模索と、時代や国家を超越したところに立つ不動の理想とは何かを思惟するという根本的な違いがあった。賢治はそれに気付いたのかもしれない。

しかし、二人は法華経を世界に広めようとしたことにおいては同一の思想の持主であり、二人に学んだ賢治が生涯最後の願いとして父に託した「国訳　妙法蓮華経」の配布という事実は、島地大等著の『漢和対照　妙法蓮華経』に端を発した賢治の法華信仰が、やがて、国柱信奉という一時期を経過することによって、「法華文学の創作」という理想に行き着き、その結果として生み出された願いであった。

上田氏が指摘しているように賢治の国柱会入会以後の信仰生活、他の信者との交流などについては、実証的な研究が必要であり、それを抜きにしては多くを語れないので、国柱会と賢治のスタンスの問題については別の機会に論証したい。

最後に上田氏が重きを置いている「黎明行進歌」について、その背景と若干の評釈を行い、国柱会と賢治についての理解の一助としたい。

黎明行進歌　（花巻農学校精神歌）

蛇紋山地の赤きそら
雲すみやかに過ぎ行きて
夢死とわらはん田園の
黎明いまは果てんとす

銹びし五日の金の鎌
かの山稜に落ち行きて
われらが犂の燦転と
朝日の酒は地に充てり

起てわが気圏の戦士らよ

暁すでにやぶれしを
いま角礫のあれつちに
リンデの種子をわが播かん

とりいれの日は遠からず
微風緑樹の荘厳と
禾穀の浪はきららかに
歓呼は天も応へなん
ふるふ地平の紺の上
広き肩なすはらからよ
げに辛酸のしろびかり
になひてともに過ぎ行かん

この作品は「天業民報」第八七四号（大正一二年八月七日付）に発表された。
大正一二年と言えば、賢治が青森、樺太旅行を行った年であり、年譜によれば七月三一日に花巻を出発しているので、「角礫行進歌」（大正一二年七月二九日付で「天業民報」に発表）ともども、この旅行とほぼ時を同じくして「天業民報」に発表されたということになる。賢治が「天業民報」にこの作品を発表しているのは、同年四月二一日付で「国性文芸会」（田中智学主宰の会で「文芸」とは劇文学を指す）に入会した事と関係していると思われる。先の上田氏の調査によると「天業民報」に賢治の名が最も多くみられるのは大正一二年であり、この頃、賢治は「天業民報」（「国性文芸会」）を自分の創作活動と発表の場として強く意識し始めていたに違いない。年譜によると賢治は大正一二年四月八日に詩「心象スケッチ外輪山」と童話『やまなし』を同じく一五日には童話『氷河鼠の毛皮』を「岩手毎日新聞」紙上に発表しており、地元新聞社との関係もある程度あったと推測される。賢治が読者の幅が広い新聞より、限られた読者しか持たない「天業民報」に立て続けに数篇の作品を発表しているのは、当時、賢治が「法華文学」の創作、発表の場を国柱会傘下の新聞や団体に強く求めていたからに相違なかろう。賢治の国柱会信奉はこの時期に至り、益々、堅固なものとなっていったと言える。

これは、「黎明行進歌」、「角礫行進歌」、「応援歌」が、劇中歌、または、花巻農学校の生徒を対象にしたもの、もしくはごく限られた対象（国柱会信者）を想定したものであるという作品の性格上の問題も十分に考えられようが、それをさし引いても、やはり、この時期に賢治が作品の発表の場を「天業民報」に限っていることは注目に値する。

また、この大正一一年一二月から大正一二年八月までは賢治の生涯の中で最も、執筆の少ない時期にも当たる。前年の一一月二九日に妹トシを亡くした賢治がその死の意味を自分の中で消化し、創作の中である程度まで相対化する為の、いわば「もがりの時期」に当たり、年譜を追ってもめぼしい作品は『やまなし』、『シングルとシグナレス』、『氷河鼠の毛皮』位で、大正一〇年、大正一三年などに比べて、きわめて少ない作品しか残していない。

賢治はこの大正一二年の一月、清水市三保の国柱会本部（妙宗大霊廟）にトシの分骨した遺骨を納骨している（ただし、実際に清水に賢治が赴いたかどうかは不明）。この事実から見ても、この時期、賢治の国柱会への信奉心はかなり強いことが分かる。また、この前後、父親に僧になることを申し出てもいる。トシの菩提を弔い、また、自分の中で信仰に対する思いを再認識しようとして苦しんでいた賢治が「国性文芸会」に出会い、少なくとも当分の間は、創作活動の場をも国柱会中心に行おうと考えることは自然なことなのかもしれない。

いずれにせよ、大正一二年八月の青森、樺太旅行において『オホーツク挽歌』を書くまで、賢治の中で創作活動に関しても何らかの思い入れが生じていたことは発表の場、作品数をみても明らかであろう。

背景の説明が長くなったが、次に「黎明行進歌」の評釈を行ないたい。まず、精神歌という性格からか他の賢治の作品には余り見られない程、威勢がよく妙に力強い主調を伴っている。大正一一年に作詞された「精神歌」は「黎明行進歌」に比べて、包容力があり懐が深い世界を歌っており、「太陽系ハマヒルナリ」や「日ハ君臨シ玻璃ノマド　清澄ニシテ寂カナリ」の詩句に代表されるように穏やかで明るい世界を表現している。それに比べて「黎明行進歌」には、明るく前向きな表現はほとんど無く、全体にモノトーンで重々しい内在律で構成されているといってよい。

この「黎明行進歌」の中で特に印象的な箇所は第三連であろう。「起てわが気圏の戦士らよ」で始まるこの連は雄々しい響きを奏でており、第五連の最終句「になひてともに過ぎ行かん」と呼応して行進歌としての士気を形成している。

さらに「リンデの種子をわが播かん」の「リンデ」とは菩提樹のことであり、釈迦が悟りを開いた時の木として有名だが、それは、正式名称を「インドボダイジュ」といい、本来は別種であり、また、東北地方に多いものは「オオバボダイジュ」といい、これもまた菩提樹とは別種だが一般では、ほとんど混同されている。賢治がここで用いた「リンデ」がどれを意味するかは不明だが、「インドボダイジュ」のイメージが強く意識の中にあったことは間違いなかろう。

つまり、釈迦が開いた仏教の教えをこの花巻の「あれつち」にも播き、そこに法の華を咲かせようという賢治の真の願いがここに込められていると言える。その決意は強く、折伏を第一とした田中智学の信念に呼応するかのような詩句であるとも言えよう。

次に第四連では「微風緑樹の荘厳」という詩句が目に着く、「荘厳」とは「アランカーラー」の訳語で「飾り」を意味し、仏身、仏土、仏具などを飾ることを意味する。実り豊かな秋の日、花巻の大地では緑の木陰にそよ風が吹き、実に仏の世のように美しいというのであろう。

作品全体からは行進歌（精神歌）にふさわしい雄々しさを感じ、当時、国柱会が支持していた「国体主義」めいた精神を鼓舞している歌だと読めなくはないが、それも強い調子では書かれておらず、「リンデ」「荘厳」など、随所に仏教語を散りばめることにより、思想的なインパクトを和らげ、精神の高潔さを保とうとしていると言えよう。

やはり、この「黎明行進歌」などを見てみても、賢治が国柱会の有する性格、言い換えれば田中智学が現実においてなさんとした、やや過激とも思われる「国体主義」に全身を投じて、行けない或る種の歯切れの悪さがあるように思う。

さて、本論では主に、宮沢賢治と法華経との出会いから、国柱会入会を経て、大正一〇年春までの家出に至るまでの信仰心の系譜を主に書簡と年譜をもとにしながら概観してきたが、私見によれば賢治の信仰心（法華経に対する考え）は大正一一年の妹トシの死を経、翌大正一二年の青森樺太旅行の間に書かれた『オホーツク挽歌』を機に大きな変容をきたすと思われる。その点についての考察は、「宮沢賢治研究Ⅱ」において行ないたい。


（静岡学園短期大学研究報告10号）

（参考文献）

・『校本　宮沢賢治全集第六、一三、一四巻』（筑摩書房・一九七三年～七六年）
・『宗教詩人宮沢賢治』（中公新書・丹治昭義・一九九六年）
・『日本文学研究資料叢書　宮沢賢治Ⅱ』（有精堂・一九七三年）
・『新・仏教語辞典』（誠信書房・中村元・一九六二年）
・『宮沢賢治語彙辞典』（東京書籍・原子朗編・一九八九年）
・『法華経新講』（大法輪閣・久保田正文・一九六二年）他
・『宮沢賢治の文学と法華経』（河出興産・分銅惇作・一九八七年）
・『わたしの宮沢賢治―祖父・清六と「賢治さん」』（ソレイユ出版・宮沢和樹・二〇二一年）

おわりに

「宮沢賢治は聖者である。」このような内容の本が多く出版され、或いは講演等で語られた時代があった。記憶に間違いがなければ、「賢治生誕百年」というキャッチフレーズが、社会に広がり始めた頃である。そんな一九九六（平成八）年八月、私は花巻市豊沢町に宮沢清六さんを訪ねた。イギリス海岸沿いの堤防に陽炎が立つ午後のことだった。下根子桜の「桜地人館」の伊藤均さんが、毎年一人で来館する私に声をかけてくれたことから、突然のめぐり逢いが生まれたのである。

翌年、清六さんから暑中見舞いを頂き、その中に「今夏も是非、お出で下さい」という文字があるのを見つけ、早速新幹線を乗り継ぎ花巻へ向かった。この夏は、元静岡大学教授で有島武郎研究者の上杉省和氏が同行してくれたのでとても心強かったことを覚えている。帰り際、宮沢家の玄関で林風舎謹製の「賢治Tシャツ」と筑摩文庫の『宮沢賢治全集六』をお土産に頂いた。

二度にわたる清六さんとの会談のお陰で、私の中から次第に「宮沢賢治は聖者である」という想いは消えていった。賢治が暮らしたその場所で実弟からその生活ぶりや、言葉をお聞きするにつれ、賢治はどこにでもいる純粋な情熱に満ちた青年であり、苦悩、挫折、そして少しの希望と共に生きた「ひとりの修羅」であることを深く知るに至った。これは私の中で大きな発見であった。

今回の出版は、私の事情で予定を大幅に遅れさせてしまうこととなり、クロスカルチャー出版の川角功成氏には多大なご迷惑をかけてしまった。この場を借りて深くお詫び申し上げたい。

また、拙著を心待ちにしてくれていた故船木秀明氏（宗教法人大乗教僧侶）にはついに届けることが叶わなかった。『セロ弾きのゴーシュ』に登場する四匹の動物と、法華経の「開示悟入」の符合を示唆してくれた畏友である。本当に残念だが、無上道に旅立ってしまった彼に通信する方法は私にはない。ただ自分の怠惰を恥じるばかりである。

尚、本著は大学講義用のテキストである為、原典にはないルビ等を施した箇所がある。

二〇二四年・早春・太田昌孝

宮沢賢治 略年譜

一八九六（明治二九）年 八月二七日
岩手県稗貫郡花巻川口町にて誕生。

一九〇五（明治三八）年
担任教師、八木英三からペロー等の童話を教わる。

一九〇九（明治四二）年 四月
岩手県立盛岡中学校（現盛岡第一高等学校）入学。

一九一一（明治四四）年 八月
盛岡市願教寺の「仏教夏期講習会」で島地大等の法話を聴く。

一九一四（大正三）年 三月
岩手県立盛岡中学校卒業。四月、肥厚性鼻炎手術で岩手病院入院。看護師に片思いの初恋をする。

九月
島地大等編『漢和対照妙法蓮華経』に感

銘する。

一九一五（大正四）年　四月　盛岡高等農林学校（現岩手大学農学部）農学科第二部に入学。

一九一七（大正六）年　七月　保阪嘉内等と同人誌『アザリア』を創刊。

一九一八（大正七）年　二月　得業論文「腐植質中ノ無機成分ノ植物ニ対スル価値」提出。

三月　盛岡高等農林学校卒業。

四月　同校の研究生となる。徴兵検査で第二種乙種となり、徴兵免除。

一二月　妹トシが入院。翌年三月まで滞在し看病に励む。

一九二〇（大正九）年　五月　盛岡高等農林学校研修生修了。花巻へ帰郷。

一一月　国柱会信行部に入会。

一九二一（大正一〇）年　一月　家族に告げず上京。鶯谷の国柱会本部で

一九二二（大正一一）年

八月　高知尾智耀に会う。本郷菊坂町七五稲垣方に下宿し、校正等の仕事をする傍ら、国柱会の布教や奉仕活動を行う。

一二月　トシの病気の知らせを聞き、帰郷。稗貫郡立稗貫農学校（のちの県立花巻農学校）に奉職。『愛国婦人』に童話「雪渡り」を発表。「どんぐりと山猫」「注文の多い料理店」などの童話を創作する。

一一月二七日　妹トシが結核により死去。「永訣の朝」「松の針」「無声慟哭」を執筆する。

一九二四（大正一三）年

四月　心象スケッチ『春と修羅』（関根書店）を自費出版。

七月　ダダイスムの詩人、辻潤が『春と修羅』を激賞する。

一二月　イーハトーヴ童話『注文の多い料理店』

	を刊行。「銀河鉄道の夜」初稿成立か。
一九二六(大正一五・昭和元)年　三月三一日	花巻農学校を退職し、花巻市下根子桜で独居生活を始める。
八月	独居先に羅須地人協会を設立する。
一九三一(昭和六)年　二月	東北砕石工場技師となる。
九月	上京中に発熱、遺書を書く。二八日、花巻へ帰郷。
一一月三日	手帳に「雨ニモマケズ」を書き留める。
一九三三(昭和八)年　九月二一日	法華経一千部を印刷し、知己に配布するように遺言して、午後一時三〇分死去。享年三七歳。

(筆者作成)

太田昌孝（おおた　まさたか）
名古屋短期大学教授・図書館長。元修文大学短期大学部准教授・国立長岡工業高等専門学校教授。愛知県生まれ。名古屋市立大学大学院人間文化研究科博士後期課程修了。（博士　人間文化学）。西脇順三郎賞選考委員。日本現代詩人会会員。著書『詩人　西脇順三郎　その生涯と作品』（クロスカルチャー出版・加藤孝男と共著）。『西脇順三郎論―〈古代〉そして折口信夫―』（新典社）。『西脇順三郎と小千谷』（風媒社）。『西脇順三郎物語』（小千谷市教育委員会・澤正宏と共著）。論文「宮沢賢治研究Ⅰ～Ⅲ」（静岡学園短期大学研究報告10号・11号　名古屋市立大学大学院研究紀要4号）

宮沢賢治の地平を歩く　　CPCリブレNo.19

2024年4月30日　第1刷発行

著　者　太田昌孝
発行者　川角功成
発行所　有限会社　クロスカルチャー出版
〒101-0064　東京都千代田区猿楽町2-7-6
電話03-5577-6707　FAX03-5577-6708
http://crosscul.com
装　幀　太田帆南
印刷・製本　シナノパブリッシングプレス

ISBN978-4-910672-17-5　C0095 Printed in Japan